○闲雅小品丛书○

主编 曹亚瑟

尽付笑谈中
——幽默小品赏读

李延祜 注评

中州古籍出版社
·郑州·

图书在版编目(CIP)数据

尽付笑谈中:幽默小品赏读 / 李延祜注评. —郑州:中州古籍出版社,2016.1(2023.6重印)
(闲雅小品丛书)
ISBN 978-7-5348-5756-0

Ⅰ.①尽… Ⅱ.①李… Ⅲ.①小品文-作品集-中国-古代 Ⅳ.①I262

中国版本图书馆 CIP 数据核字(2015)第 277690 号

JIN FU XIAOTAN ZHONG:YOUMO XIAOPIN SHANGDU

尽付笑谈中:幽默小品赏读

丛书策划	梁瑞霞
责任编辑	张　雯
责任校对	张　华
装帧设计	知耕书房

出 版 社	中州古籍出版社(地址:郑州市郑东新区祥盛街 27 号 6 层 邮编:450016　电话:0371-65723280)
发行单位	河南省新华书店发行集团有限公司
承印单位	郑州印之星印务有限公司
开　　本	890 mm×1240 mm　A5
印　　张	10
字　　数	200 千字
版　　次	2016 年 1 月第 1 版
印　　次	2023 年 6 月第 4 次印刷
定　　价	25.00 元

本书如有印装质量问题,请联系出版社调换。

前言

  幽默小品机变灵活,它可以启人心智,增加智慧,有益身心健康。它是严酷生活的调味品,使生活多些色彩;它是社会的万花筒,是观察万象的显微镜,是黑暗中的闪闪星光,它可以开阔人们的视野,丰富人生阅历;它是社会的解剖刀,让人看到正史掩盖下的龌龊。但这涓涓细流,有时也会泥沙俱下,藏污纳垢,污染耳目。

  幽默小品在先秦两汉时,只是作为立论、辩难的武器而存在。讲故事,打比喻,谈趣闻……大多是为了阐明一个道理,是为了反驳对方。《庄子》《韩非子》《列子》《战国策》等就有大量此类故事。《史记》中有《滑稽列传》,也是作为人物列传的一部分而存在。

  裴启的《裴子语林》、刘义庆的《世说新语》等书中有些作品虽然暗合幽默小品特色,但仍然是作为实事的记录而写作的。

幽默小品真正独立存在,当从邯郸淳的《笑林》始,继之有《启颜录》《艾子杂说》《籍川笑林》《雅谑》《应谐录》《雪涛小说》《笑赞》《古今谭概》《笑得好》《笑笑录》《笑林广记》等,或为创作,或为辑录,有意为之,蔚为大观。

其中明人冯梦龙的《古今谭概》,是幽默小品中的佼佼者。冯梦龙搜罗古今奇闻异事,嬉笑怒骂泄其愤,针砭时弊揭黑暗,自觉地发挥幽默小品的匕首投枪作用,使得其脱离了仅供娱乐的目的。

有人说中国人活得比较累,古时,进私塾,读"四书",讲礼仪,赶科考,学而仕,一生紧张忙碌,不苟言笑,缺乏幽默情趣。读儒家经典,代圣人立言,走仕途之路,扬名天下,光耀门庭,是封建社会多数文人士子的选择。而杂言小说则属于乱力怪神、旁门左道的范畴,它不能登大雅之堂,为传统士人所不齿。在乾隆十八年(1753)黄晟为《太平广记》写的序中,提到在宋太平兴国年间编撰的两部书《太平御览》和《太平广记》,因为前者内容辑录自经史子集,后者内容源自道佛以及稗官野史之类,所以有人认为《太平广记》"非后学典要,束版藏太清楼。故后世'御览'盛行,而'广记'之流传独鲜"。两部书的不同命运可以说明社会的选择:《太平御览》辑录于经史子集,是儒生应考必读书;《太平广记》收集的是佛道野史稗官的杂说,无补于科考，自然被束之高阁，不为当道者和士子文人所重视。

鲁迅先生说"皇帝不肯笑，奴隶是不准笑的"（《论语一年》）。皇帝不肯笑，大概是怕失去威仪和尊严；奴隶（百姓）不准笑，大概是当道者怕引起街谈巷议，对朝廷不利，激起民变。我们也可以再加一句：士子不屑笑，也无暇笑。因为他们怕有失身份，误了前程。种种原因，加在一起，限制了幽默小品的创作。

所以，一些幽默小品的作者也往往隐其名姓，或托名他人。如有人认为《艾子杂说》是托名苏轼。其他幽默小品的作者如乐天大笑生、浮白主人、游戏主人、独逸窝退士等，无不隐姓埋名。

明清时期，有些作品因作者隐名，内容更加大胆。比如有关社会伦理方面的作品就有了更多有悖封建礼教的内容。但同时良莠不齐，追求感官刺激的、庸俗低下的、迎合市民低级趣味的作品也出现不少。同时大量笔记小说出现，这些作品互相抄袭，广泛流传。有的一则故事，见于多书，出现了文字繁简略有不同，作者姓名、生平不详的情况。所以，本书所选篇目，也难免有原始出处不尽准确之处。

幽默小品和笑话，二者很难绝对界定。一般来说，笑话多半能一箭中的，触发笑点，但也往往一笑了之，比较浅露。而幽默小品则常常不动声色，言简意赅，意味隽永，耐人寻味，富含哲理，较为深邃。二者意涵的交叉，给选材带来一定难度。本书选材尽量贴近幽默小品，但依然会有鱼目混珠之弊。

再者，寓言故事从广义来说，也是幽默小品，但它的寓意指向更为明确、固定，且大多为人熟知，本书原则上不予选用，而较为少见者偶有选用。

限于作者视野和选材水平，书中难免有不当或谬误之处，望方家不吝赐教。

李延祜

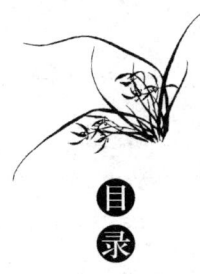

目录

卷一 智者之智

墨　子	未来可知	3
韩　非	子胥巧脱身	4
韩　婴	东郭牙察言观色	6
	屠牛吐辞婚	8
司马迁	优旃建议秦始皇	9
陈　寿	简雍戏谏刘备	11
应　劭	两妇争子	12
刘义庆	杨修改门	13
萧子显	盗治盗	14
张　鷟	甥舅争牛	15
	囚犯巧出狱	17
刘　悚	胡僧咒语	19
	谢朓诗误	21
王仁裕	驴请假	22
和　凝	张举辨烧猪	24

司马光	急于弹雀	25
沈 括	摸钟辨贼	27
刘延世	吕文靖试子	29
浮白主人	呆县丞	31
冯梦龙	海刚峰	32
郑瑄	令狐文公平米价	34
袁 枚	与鬼打架	35
吴趼人	打笆斗	36
徐 珂	老鼠之功	37

卷二　巧妙应对

墨 子	墨子劝弟子学	41
韩 婴	使者以琴为喻	42
邯郸淳	乙窃甲肉	44
陈 寿	诸葛子瑜之驴	45
刘义庆	请佛	46
	刘伶戒酒	47
韩 琬	禁屠	49
牛 肃	李元晶错打刘琮琏	51
李 肇	陆兖公答参军	53
郑文宝	雨惧抽税	55
江休复	看相辨夫人	56
彭 乘	榜下择婿	57
曾敏行	俸禄减半	59
陆 游	晏景初请僧	60

罗大经	不死酒	61
赵南星	卜者子	63
江盈科	御史判鼠案	65
	情愿作妾	66
冯梦龙	箱装贼尸送贼家	67
	谢生	68
	布政司吏	69
潘永因	杀犬偿鹿	70
褚人获	陈全滑稽	71
戴延年	官僧互考	73

卷三　讽刺嘲弄

戴　胜	曾子子贡修容	77
刘义庆	阮咸晒衣	79
郑文宝	蒋氏讽僧	80
文　莹	迎官旧例	81
彭　乘	招邻僧闲话	82
王　晫	不敢言而敢怒	83
沈　俶	嘲医	85
王　恽	预作祭文	86
乐天大笑生	南风先生	87
	服渣相见	88
	吏人立誓	89
江盈科	颜回死得好	90
	宰鸡请客	91

谢肇淛 海寇作诗 ………………………… 92
浮白主人 韩信主考 ………………………… 93
　　　　 产喻 …………………………………… 94
冯梦龙 万物一体 ……………………………… 95
　　　 三年难熬 ……………………………… 96
　　　 司马相如宫刑 ………………………… 97
　　　 利赒给 ………………………………… 98
游戏主人 写真 ………………………………… 99
　　　　 大方打幼科 ………………………… 100
　　　　 请下操 ……………………………… 101
　　　　 考监 ………………………………… 102
钱　泳 戏言 …………………………………… 103
毛祥麟 相术 …………………………………… 104

卷四　戏谑调侃

韩　非 避悍邻 ………………………………… 107
刘义庆 朝见皇帝 ……………………………… 108
欧阳修 文当戒俗 ……………………………… 109
彭　乘 崖州地望 ……………………………… 110
何　薳 雍丘驱蝗诗 …………………………… 111
吕本中 某是鬼耶 ……………………………… 113
李　焘 腹负将军 ……………………………… 114
盛如梓 慰足 …………………………………… 115
宋元怀 禽言令 ………………………………… 117
姚　福 俺把你们哄 …………………………… 119
沈德符 纳粟监生 ……………………………… 121

浮白主人	恨卢郎	122
冯梦龙	僧题壁	123
	丑妇八字	124
醉月子	义官洗浴	125
潘永因	何物下饭	126
袁　枚	僧出家	127
	学圣人	129
游戏主人	遇偷	130
	医赔	131
倪　鸿	秦桧夫妇	132
石成金	剔灯棒	134
雷　瑨	割鸡	135

卷五　愚人无知

邯郸淳	鲁人执竿	139
	休妻	140
张　鷟	何婆	141
	贼来入柜	143
李　肇	王锷散财货	144
丁用晦	史思明诗	145
高　怿	讲《论语》	146
佚　名	渡客挽舟	147
王　谠	执政判案	148
罗大经	杜少陵可杀	149
陆　灼	嫁老翁	150

乐天大笑生　假儒 …………………………… 151
郎　瑛　俗人评画 …………………………… 152
赵南星　仆入城 ……………………………… 153
　　　　和尚 ………………………………… 154
　　　　代受打 ……………………………… 155
　　　　毡帽 ………………………………… 156
谢肇淛　夜半求见 …………………………… 157
浮白主人　呆举人 …………………………… 159
　　　　不知骰子 …………………………… 160
张夷令　狗病目 ……………………………… 161
　　　　剖马肝 ……………………………… 162
冯梦龙　砚眼 ………………………………… 163
游戏主人　及第 ……………………………… 164
　　　　不吃亏 ……………………………… 165
顾公燮　伯虎对 ……………………………… 166
　　　　告荒 ………………………………… 167
石成金　干净刀 ……………………………… 168
葵愚道人　制古砖 …………………………… 169

卷六　虚荣奉承

韩　婴　齐景公游牛山 ……………………… 173
刘义庆　皇帝生子臣无功 …………………… 175
侯　白　魏市人 ……………………………… 176
丁用晦　冤家路窄 …………………………… 177
范　镇　皇帝邻居 …………………………… 179

钱世昭	边功	180
王辟之	屠豕贵侯	182
庞元英	崔光谄媚	183
耿定向	道学赶路	184
刘元卿	粤令性悦谀	186
	两人同"病"	188
赵南星	贫士	189
	冯希乐	190
冯梦龙	势利	191
吕毖	朱元璋测字	192
	画工巧奉迎	194
潘永因	秦桧献子鱼	195
褚人获	酉斋	196
石成金	剩个穷花子与我	197
	王婆寿材	198
	不吃素	199
程畹	高帽子	200

卷七　出乎意料

韩非	夫妻求物	203
	画鬼最易	204
	伯乐授徒	205
韩婴	割地成礼	206
	绝缨会	208
刘向	解玉连环	210
裴启	日远日近	212

	雪夜访戴	214
萧　绎	富不富贫不贫	216
侯　白	孔门弟子	217
	作诗胜郭璞	219
沈　括	辨獐鹿	221
王　巩	曹彬伐太原	222
王辟之	飨盗	224
王　铚	敬畏前朝臣	225
罗大经	荒岁建塔	227
刘元卿	偷技不传子	229
谢肇淛	死后佳	231
冯梦龙	郭忠恕画卷	232
	轮回报应	233
	骗子得官	234
游戏主人	变爷	235
王　械	延师课赌	236
倪　鸿	僧惧内	237
佚　名	文抄公拔头筹	238

卷八　哲理寄意

庄　子	鲁侯养鸟	241
	畏影恶迹	243
列　子	齐人夺金	244
	狗吠杨布	245
	子死不忧	246
韩　非	卫人嫁女	247

刘　向	熊渠子射石	248
何　薳	卖饼	249
刘　基	良桐为琴	251
	芮伯献马	253
刘元卿	三人窃李	255
	盲子失坠	256
	行当本色	257
	猩猩饮酒	259
赵南星	石敢当	261
江盈科	见冢不敢不乐	262
冯梦龙	马速非良	263
	银工与宰相	264
褚人获	村学傅误	265
钱　泳	成衣	267

卷九　其他

列　子	燕人返乡	271
韩　非	景公探望晏婴	272
刘　餗	妒妇饮鸩毒	274
沈　括	此卖宅者	275
张　耒	丘浚捆禅师	276
曾敏行	猫逐画鼠	277
周　密	三分诗七分读	278
罗　烨	妇人嫉妒	279
何景明	蹩盗	281

乐天大笑生　不语禅 …………………… 283

赵南星　谜 ……………………………… 285

江盈科　恋酒 …………………………… 286

谢肇淛　送眼泪 ………………………… 287

浮白主人　撒半价 ……………………… 288

王同轨　谲僧 …………………………… 289

醉月子　腌鱼 …………………………… 290

褚人获　平岭 …………………………… 291

赵恬养　雨和酒 ………………………… 292

游戏主人　盗牛 ………………………… 293

梁绍壬　诙谐本色 ……………………… 294

小石道人　酒誓 ………………………… 295

徐　珂　送米 …………………………… 297

坐观老人　李某午饭 …………………… 298

卷一 智者之智

未来可知 墨 子①

彭轻生子曰:"往者可知,来者不可知。"子墨子曰:"籍设而亲在百里之外,则遇难焉,期以一日也,及之则生,不及则死。今有固车良马于此,又有驽马四隅之轮于此,使子择焉,子将何乘?"对曰:"乘良马固车,可以速至。"子墨子曰:"焉在矣来!"②

《墨子》

【注释】

①墨子(约前468~前376):名翟,相传原为宋国人,后长期居鲁。春秋战国之际思想家、政治家,墨家学派创始人。

②焉在矣来:此句也作"焉在不知来"。

【赏读】

彭轻生和墨子的对话,显示了墨子的智慧。彭轻生认为人只能了解过去,不能预知未来。墨子不正面反驳,而给对方设了一个圈套:假设你的亲人在百里之外遇到灾难,限定你一日之内必须赶到,否则亲人就死了。这里有良马固车,又有劣马和四方形轮子的车,你选择何者乘坐?彭轻生毫不犹豫地选择了良马固车,因为可以尽快到达。

还没动身,彭轻生就已经知道选良马固车"可以速至",能尽快见到亲人。这说明未曾发生的事情是可以预知的,墨子用假设的例子让他自己否定了自己的结论。

子胥①巧脱身 韩 非②

子胥出走,边候③得之。子胥曰:"上索④我者,以我有美珠也。今我已亡⑤之矣。我且⑥曰:'子取吞之。'"候因释之。

《韩非子》

【注释】

①子胥:即伍子胥(? ~前484),名员,字子胥,又称申胥。春秋时吴国大夫。父伍奢,楚大夫,因直言被杀。他辗转来吴,助阖闾夺取王位,又攻破楚国,因功封于申。后与吴王夫差意见不同,吴王夫差赐剑命其自杀。

②韩非(约前280 ~前233):战国末期法家主要代表人物。出身韩国贵族。和李斯一起师事荀子。曾上书谏韩王,不见用。得秦王嬴政重视,被邀出使秦国,受李斯等陷害,在狱中自杀。著有《韩非子》。

③边候:边关迎送宾客的官员。

④索:寻找,追索。

⑤亡:丢掉,失掉。

⑥且:将。

【赏读】

伍子胥出逃,全国通缉。边关官员这次可抓住了一条"大鱼",

这可是立功请赏的好机会。

伍子胥如何脱身？如果一味央求边候放过自己，对于只有利害之心而没有正义是非之心的人，恐怕难以博得同情。对付这样的人，只能晓以利害。于是伍子胥编了一个故事，把边候也编进去了：因为我有美珠，所以国王要抓我，现在珠子丢了，我就说让你吞了。珠子跟我没关系了，想要珠子就找边候吧。伍子胥把美珠这块烫手山芋，一下子丢给了边候。他和边候成了一根线上的蚂蚱。

边候一听紧张了，伍子胥倒打一耙，他说有珠子，我说没珠子，无人做证。最后只能剖腹验珠，这不是要我的命吗？算了，算了，放他走吧，升官发财的梦破灭了。伍子胥闯关成功。

东郭牙察言观色 韩 婴①

齐桓公②独以管仲③谋伐莒,而国人知之。桓公谓管仲曰:"寡人独为仲父言,而国人知之,何也?"管仲曰:"意若国中有圣人乎!今东郭牙④安在?"桓公顾曰:"在此。"

管仲曰:"子有言乎?"东郭牙曰:"然。"管仲曰:"子何以知之?"曰:"臣闻君子有三色,是以知之。"管仲曰:"何谓三色?"曰:"欢忻爱说,钟鼓之色⑤也;愁悴哀忧,衰绖⑥之色也;猛厉充实⑦,兵革⑧之色也。是以知之。"

管仲曰:"何以知其莒也?"对曰:"君东南面而指,口张而不掩,舌举而不下,是以知其莒也。"桓公曰:"善。《诗》曰:'他人有心,予忖度之。'"⑨

《韩诗外传》

【注释】

①韩婴:西汉燕(郡治今北京市)人。博士,景帝时为常山王刘舜太傅。研究《诗经》《易经》,有《韩诗外传》。是西汉"韩诗学"的创始人,他推测《诗经》含意,引《春秋》或古事,比附经义。周秦诸子皆引《诗》以证事,而《韩诗外传》是引事以明《诗》。

②齐桓公(?~前643):姜姓,名小白。任用管仲进行改革,国力富强,成为春秋时第一霸主。

③管仲（？~前645）：即管敬仲。名夷吾，字仲。颍上（颍水之滨）人。春秋初期政治家。被齐桓公任为卿，尊称"仲父"。在齐推行全面改革，遂使齐桓公成为春秋第一位霸主。

④东郭牙：齐桓公时直言敢谏的大臣。管仲曾竭力推举他为谏官。

⑤钟鼓之色：听到音乐高兴的脸色。

⑥衰绖（cuī dié）：用粗麻布制作的丧服和上面用粗麻做的带子。

⑦猛厉充实：威猛严肃，精神饱满。

⑧兵革：指征伐。

⑨他人有心，予忖度之：见《诗经·小雅·巧言》。意谓，别人有什么心思，我能揣测出来。

【赏读】

齐桓公和管仲两人策划攻打莒国，这是国家的绝对机密，怎么就失密了？管仲马上想到了东郭牙在场，肯定是他传出去的。

东郭牙承认了。但齐桓公、管仲密议时，他并没有听到他们说什么，全是靠察言观色判断的。他有观察人"三色"的本领。这一次他肯定是看出了二人"猛厉充实，兵革之色"，所以判断要打仗。

另外由二人的手势，老是指向东南莒国的方向。再加上他发现二人说话时，经常"口张而不掩，舌举而不下"，嘴不全合上，舌头既不贴上腭，也不顶下齿，悬在中间，正是发"莒"字声音的口型。所以他就大胆地做出了判断，要攻打的是莒国。

不能不佩服东郭牙社会经验之丰富、观察之细微、语音学之造诣。他如果搞情报，就是高级间谍。但是战事未起，泄密在先就不好了。

屠牛吐①辞婚 韩 婴

齐王厚送女，欲妻屠牛吐，屠牛吐辞以疾。其友曰："子终死腥臭之肆而已乎？何为辞之？"吐应之曰："其女丑。"其友曰："子何以知之？"吐曰："以吾屠知之。"其友曰："何谓也？"吐曰："吾肉善，而去苦少②耳；吾肉不善，虽以吾附益之，尚犹贾不售。今厚送子，子丑故耳。"

其友后见之，果丑。传曰："目如擗杏，齿如编贝。"

《韩诗外传》

【注释】

①屠牛吐：宰牛的屠户，名字叫吐。
②苦少：苦于（肉）少（不够卖）。

【赏读】

屠户相亲以漂亮为第一标准。即使对方是公主，他也不降低标准。

他并没有见过齐王的女儿，却能肯定她长得丑，是由他卖肉的经验总结出来的。肉好，分量不够，照样供不应求；肉坏，即使多给，也卖不出去。应了一句俗话：便宜没好货。屠牛吐的经验就是：厚嫁的女人丑八怪。

优旃①建议秦始皇 司马迁②

　　优旃者，秦倡侏儒也，善为笑言，然合于大道。……始皇尝议欲大苑囿，东至函谷关③，西至雍、陈仓④。优旃曰："善，多纵禽兽于其中，寇从东方来，令麋鹿触之足矣。"始皇以故辍止。

　　二世立，又欲漆其城。优旃曰："善，主上虽无言，臣固将请之。漆城虽于百姓愁费，然佳哉！漆城荡荡，寇来不能上。即欲就之，易为漆耳，顾难为荫室⑤。"于是二世笑之，以其故止。

《史记》

【注释】

　　①优旃（zhān）：古代名叫旃的优人。秦始皇时人。

　　②司马迁（约前145或前135~?）：字子长。夏阳（今陕西韩城南）人。西汉史学家、文学家、思想家。《史记》的作者。

　　③函谷关：古函谷关在今河南灵宝市东北，秦时置。新函谷关在今河南新安县东。文中所指为古函谷关。

　　④雍、陈仓：雍，古九州之一，今陕西、甘肃、青海西部一带。陈仓，古县名，秦置。治所在今陕西宝鸡市东。地处关中、汉中交通要冲，为兵家必争之地。

　　⑤荫室：遮挡阳光的房子。

【赏读】

　　优旃很懂得辩难技巧。先顺着你，完全赞同你的意见。进而推演下去，暴露你想法的荒谬可笑。比如，开始赞赏秦二世漆城的主张，这样城墙光滑壮观，敌人爬不上来。漆城不成问题，可是油漆干之前，怕太阳晒，要建一座大房子把整个城墙遮盖起来，这有点难度。"即欲就之，易为漆耳，顾难为荫室"是点睛之笔。把秦二世异想天开想法的幼稚暴露无遗。一语中的，在幽默的玩笑中达到进谏的目的，胜过群臣奏议的千言万语。

简雍①戏谏刘备　陈　寿②

时天旱禁酒，酿者有刑。吏于人家索得酿具，论者欲令与作酒者同罚。雍与先主③游观，见一男女行道，谓先主曰："彼人欲行淫，何以不缚？"先主曰："卿何以知之？"雍对曰："彼有其具④，与欲酿者同。"先主大笑，而原⑤欲酿者。

《三国志》

【注释】

①简雍：字宪和，涿郡（治所在今河北涿州市）人。刘备幕僚，性简傲放纵，不拘小节。

②陈寿（233~297）：字承祚，安汉（今四川南充北）人。西晋史学家。晋灭吴后，集合三国时官私著作，著成《三国志》。

③先主：历史上有称开国君主为先主者，此处指刘备。

④具：此处指男女生殖器官。

⑤原：赦免。

【赏读】

为了坚决贯彻禁酒令，酿酒者受罚，有酿酒工具者也受罚。有"具"者罚，那么男女皆应受罚。简雍以类比的方式，显示这种逻辑的极端荒谬，反过来映衬出禁酒令的严苛和荒唐。

跨过真理一步，就是荒谬。简雍的玩笑，胜过千言万语的说教。

两妇争子 应 劭[1]

颍川有兄弟同居,两妇皆怀妊,长妇数月胎伤不言。至产期至,俱卧产房。候弟妇产得一男,夜盗之。因争,三年不决。丞相黄霸[2]殿前令以儿去两母各十步,叱两妇曰令争取之。长妇把持甚急,儿大啼。弟妇恐伤,放之。长妇色喜,弟妇惨然。霸曰:"此弟子也。"即劾长妇,果然,伏罪。

《风俗通义》

【注释】

①应劭(约153~196):字仲远。东汉汝南南顿(今河南项城西)人。献帝时曾任泰山太守。著有《风俗通义》三十卷。另有《汉官仪》《汉书集解音义》。

②黄霸(?~前51):字次公,淮阳阳夏(今河南太康)人。西汉大臣。曾任颍川太守,后官至丞相。封建成侯。时吏治崇尚严酷,而霸独尚宽和。后世将他与龚遂作为"循吏"的代表,称为"龚黄"。

【赏读】

黄霸不是酷吏,不用棍棒说话,而是利用考验亲子感情之法判案,可谓独出心裁。明辨二人的亲子感情之后,他并没有就此判决,只是把它作为一个参考。待进一步审理之后,长妇服罪,案子才算了结。这桩案子的判决,既体现了黄霸的聪明,又体现了他的精细慎重。

杨修^①改门　刘义庆^②

杨德祖为魏武^③主簿，时作相国门，始构榱桷^④，魏武自出看，使人题门作"活"字去。杨见，即令坏之。既竟，曰："'门'中'活'，'阔'字，王正嫌门大也。"

《世说新语》

【注释】

①杨修（175~219）：字德祖。汉末弘农华阴（今陕西华阴东南）人。汉末文学家。为丞相曹操主簿。因谋划立曹植为太子失败，又是袁术外甥，遭曹操猜忌而被杀。

②刘义庆（403~444）：南朝宋武帝刘裕的侄子。曾任高官。喜爱文学。所著《世说新语》按内容分类记事，共分三十六部分，所记多为人物的言行逸事，对了解当时的人文风貌颇有价值。

③魏武：指曹操，曾封为魏王。曹丕称帝，尊曹操为魏武帝。

④榱桷（cuī jué）：榱，橼子。桷，方橼子。

【赏读】

曹操对大门不满意，让人在门上出一"字谜"，委婉幽默地提出了自己的意见，显示了曹操对下属的宽容和上下关系的和谐。杨修看了题字，马上让人把门拆掉重建。直到工程结束后才说明了重建的因由，这时众人才恍然大悟。如此写来，故事更有悬念和趣味。

盗治盗 萧子显①

　　(王敬则)②吴兴太守。郡旧多剽掠,有十数岁小儿于路取遗物,杀之以徇,自此道不拾遗,郡无劫盗。又录③得一偷,召其亲属于前,鞭之,令偷身长扫街路,久之乃令偷举旧偷自代,诸偷恐为其所识,皆逃走,境内以清。

《南齐书》

【注释】

　　①萧子显(约489~537):字景阳。南兰陵(治今江苏常州西北)人。南朝梁史学家。齐高帝萧道成之孙。官至吏部尚书、侍中。又出为吴兴太守。著有《齐书》六十卷,今称《南齐书》。

　　②王敬则(435~498):南朝齐临淮射阳(今江苏宝应东北)人,侨居南沙(今江苏常熟北)。

　　③录:逮捕。

【赏读】

　　十几岁的孩子在路上捡了东西就杀头,执法过于严苛,王敬则无疑是一个酷吏。但他治盗的方法却别出心裁。让小偷扫大街,看见自己的同行,就举报,让他代为服役,自己才可以脱身。结果偷盗者都怕被扫大街的同行指认,吓得都逃离了吴兴。将小偷变身为保洁员和举报者,治盗方法有创意。但是以邻为壑,盗并不能根除。

甥舅争牛 张 鷟①

卫州新乡县令裴子云,好奇策。部人②王敬戍边,留犉牛六头于舅李进处,养五年,产犊三十头,例十贯已上。

敬还,索牛,两头已死,只还四头老牛,"余并非汝牛生",总不肯还。敬忿之,经县陈牒③。子云令送敬府狱禁。

教追盗牛贼李进。进惶怖至县,叱之曰:"贼引汝同盗牛三十头,藏于汝家,唤贼共对。"乃以布衫笼敬头,立南墙下。进急,乃吐款云:"三十头牛总是外甥犉牛所生,实非盗得。"云遣去布衫。进见是敬,曰:"此是外甥也。"云曰:"若是,即还他牛。"进默然。

云曰:"五年养牛辛苦,与数头,余并与敬。"一县服其精察。

《朝野佥载》

【注释】

①张鷟(zhuó):字文成,自号浮休子,深州陆泽(今河北深州)人,唐文学家。官至司门员外郎。开元中流放岭南。著有笔记《朝野佥载》、传奇小说《游仙窟》等。《朝野佥载》记隋唐野史遗闻,对武则天朝政多有讥评,有的为《资治通鉴》采用。

②部人:所统属的百姓。

③陈牒:陈,述说。牒,讼词,讼状。

【赏读】

  外甥信任舅，舅却没诚信。王敬告舅父，自己反入狱。故事立一悬念。话分两头，另表一枝。这边要追拿盗牛贼李进。李进怎么又成了"盗牛贼"？又立一悬念。说是同伙供出盗来的三十头牛藏在李进家。李进惶恐万分，为了洗清自己，不得不承认牛是外甥的。

  裴子云所以把王敬投入监狱，是为了对李进保密。如果李进知道王敬告了他，官衙再说他与盗贼勾结盗牛，他就可以反咬一口，说外甥是怀恨诬陷。案子就更加复杂。所以必须先让王敬入狱，将其保护起来。同时也为他后来蒙面充盗做好准备。

  正是因为王敬蒙了面，李进以为是真盗贼，所以他当面反驳，证明三十头牛是外甥的，与盗贼无关。他以为这样一说，官衙就不会再追究。没想到蒙面人就是外甥。裴子云、王敬对他的供述听得一清二楚。他覆水难收，无言以对。

  没动刑罚，没逼供，李进自己进圈套，不打自招，无法抵赖，没法翻案。裴子云果真"好奇策"。

囚犯巧出狱 张 鷟

司刑寺①囚三百余人，秋分后无计可作，乃于圜狱外罗②墙角边作圣人迹，长五尺。至夜半，三百人一时大叫。

内使③推问，云："昨夜有圣人见，身长三丈，面作金色，云'汝等并冤枉，不须怕惧。天子万年，即有恩赦放汝'。"

把火照之，见有巨迹，即大赦天下，改为大足④元年。

《朝野佥载》

【注释】

①司刑寺：唐官署名。武后光宅元年（684）由大理寺改置。掌刑狱案件审理。

②罗：排列，分布。

③内使：掌管治理京师的官。

④大足：周武则天的年号，701年。

【赏读】

这帮囚犯很清楚，秋天一到，处决他们的日子就不远了。紧急时刻，必须想法子自救。他们知道不可能有什么圣人解救他们出去，只能通过现实的天子才能赦免他们。所以就弄虚作假，利用当时人们相信"天意"的特点，搞了一场群体事件。

首先，众人同时大叫：看见圣人显灵了。提高事件的可信度。

其次，用圣人肯定天子是明君，一定会大赦众囚的方法，既忽悠武则天自以为是明君，又让她相信"天命不可违"，必须大赦囚犯。

武则天果然上当，对此事深信不疑，真的赦了众囚犯。甚至连年号都改为"大足"。

武则天改年号是否与此有关，大可存疑。但就这件事而言，不得不肯定囚犯们的智慧。

胡僧咒语 刘 䛒①

贞观中,西域献胡僧,咒术能死生人。太宗令于飞骑中拣壮勇者试之,如言而死,如言而苏。

帝以告太常卿傅奕,奕曰:"此邪法也。臣闻邪不犯正,若使咒臣,必不得行。"帝召僧咒奕,奕对之,初无所觉。须臾,胡僧忽然自倒,若为所击者,便不复苏。

《隋唐嘉话》

【注释】

①刘䛒(sù):字鼎卿。著名史学家,《史通》作者刘知几之子。天宝初任集贤殿学士,兼掌史官。官至右补阙。著作多种,现存《隋唐嘉话》三卷,一百六十余条,辑录由隋至唐玄宗时的逸闻轶事。

【赏读】

在骑兵中选的精壮汉子,咒你死你就死,让你生你就生,胡僧果真法力无边吗?

实际是心理暗示在作怪。首先,人们迷信僧人能通神。其次,又是"胡僧",外来的和尚会念经,人们不了解他的底细,先有几分敬畏。

再者,既是西域"献"给皇帝的,肯定是高僧。一开始和尚就被带上了耀眼的光环,让人们信之无疑。在巨大的心理暗示下,一个个骑兵壮汉被符咒致"死"。胡僧知道这是假死,一会儿他们还会自然苏醒,所以就在壮汉苏醒之前,再念咒语,令其"复活",以显其咒语的灵验。

始料未及的是他遇到了一个不信邪的傅奕,心理状态极佳,主动要与他对决。胡僧觉得此人绝非等闲之辈,自己的骗术将被拆穿,杀身之祸临头,他心慌意乱,精神全面崩溃,忽然自倒,被吓死了。

这是一场短兵相接的心理战,结论是不信邪才能胜邪。

谢朓①诗误 刘悚

宋谢朓诗云："芳洲多杜若。"②贞观中，医局求杜若，度支郎乃下坊州③令贡。州判司报云："坊州不出杜若，应由谢朓诗误。"太宗闻之大笑。判司改雍州司法，④度支郎免官。

《隋唐嘉话》

【注释】

①谢朓（464～499）：字玄晖，陈郡阳夏（今河南太康）人，南朝齐诗人。曾任宣城太守。与谢灵运对举，称小谢。后人辑有《谢宣城集》。

②芳洲多杜若：见谢朓《怀故人》诗"芳洲有杜若"。芳洲，花草丛生之小洲。杜若，俗称"竹叶莲"，全草和根可供药用。

③度支郎：掌握国家财政收支的官。坊州：唐朝到元朝昌设置的州。619年分鄜州设置，因为境内有马坊，所以称坊州。

④雍州：治所在今陕西西安西北。司法：即州之司法参军，主管刑法。

【赏读】

度支郎读书少，糊涂，误把"芳洲"作"坊州"；判司知识广，聪明，知道"芳洲"非"坊州"，并幽默化解。一个罢官，一个升官。知识多少大不同，命运之神眷顾谁？机遇只在一瞬间。

驴请假　王仁裕①

（胡）趣②又自好博弈。尝独跨一驴，日致故人家棋，多早去晚归，年岁之间，不曾暂辍。

每到其家，主人必戒家童曰："与都知③于后院喂饲驴子。"趣甚感之，夜则跨归。一日，非时宣召④，仓忙索驴。及牵前至，则觉喘气，通体汗流，乃正与主人拽硙⑤耳。趣方知自来与其家拽磨。

明早，复展步而至。主人亦曰："与都知抬举⑥驴子。"曰："驴子今日偶来不得。"主人曰："何也？"趣曰："只从昨回宅，便患头旋恶心，起止未得，且乞假将息。"主人亦大笑。

《玉堂闲话》

【注释】

①王仁裕（880~956）：字德辇，天水（今属甘肃）人。初为唐末秦州节度使判官，后入蜀，为翰林学士。蜀亡则历仕后唐、后晋、后汉、后周。累官兵部尚书、太子少保。有诗集《西江集》百卷，多亡佚。今存《开元天宝遗事》四卷及《玉堂闲话》。

②趣：名胡趣，唐太史，掌历法推算，是史官及历官之长。

③都知：本为宦官最高职事，此处用以称对方有戏谑之意。

④非时宣召：皇帝不是例行宣召臣下，而是临时召见。

⑤硙（wèi）：石磨。

⑥抬举：本为引荐、提拔、夸奖。这里有开玩笑地说好好照看

的意思。

【赏读】

　　主人陪人下棋,驴子给人拉磨。朋友大概每次都让干活的驴子消了汗才离开,所以驴子干了一年活,胡趱硬是没发现。

　　一次忽然皇帝有急事宣召。朋友没来得及让驴子消汗,这才暴露了秘密。但是胡趱并未揭穿,第二天又去下棋,不骑驴子,而且代驴子请假休息。朋友自然明白,大家心照不宣,彼此一笑了之。

　　一方面表现了胡趱的幽默诙谐,另一方面显示了朋友关系的融洽。

张举辨烧猪　和　凝[1]

张举,吴人也。为句章令。有妻杀夫,因放火烧舍,乃诈称火烧夫死。夫家疑之,诣官诉妻,妻拒而不承。举乃取猪二口,一杀之,一活之,乃积薪烧之,察杀者口中无灰,活者口中有灰。因验夫口中,果无灰,以此鞠之,妻乃伏罪。

《疑狱集》

【注释】

[1]和凝(898~955):字成绩,郓州须昌(今山东东平西南州城镇西北)人。五代时词人。与其子同撰《疑狱集》,所取案例,于后之执法者不无补益。

【赏读】

古人判案,没有什么科学技术手段可以利用,往往单凭执法者个人的聪明才智。这位句章县令拿两只猪当"小白鼠",以动物试验的结果,推至于人,这种方法是成功可靠的,杀夫者只好认罪。命案之所以判断无误,在于张举是凭证据说话,而不是像一些判案者仅凭推断做出结论。

故事吸引人处在于一开始看不出烧两只一死一活的猪,跟判案有什么关系。直至最后"因验夫口中,果无灰",这才让人恍然大悟,张举果然有智慧。

急于弹雀 司马光①

太祖②尝弹雀于后园,有群臣称有急事请见,太祖亟见之,其所奏乃常事耳。上怒,诘其故,对曰:"臣以尚急于弹雀。"上愈怒,举柱斧柄撞其口,堕两齿。其人徐俯拾齿置怀中。上骂曰:"汝怀齿欲讼我耶?"对曰:"臣不能讼陛下,自当有史官书之。"上悦,赐金帛慰劳之。

《涑水纪闻》

【注释】

①司马光(1019~1086):字君实,号迂叟。陕州夏县(今属山西)涑水乡人,世称涑水先生。北宋大臣、史学家。官至尚书左仆射兼门下侍郎。著有《资治通鉴》等。

②太祖:即宋太祖赵匡胤(927~976)。宋王朝的建立者。涿州(治所在今河北涿州)人。

【赏读】

皇帝玩得正在兴头上,你却以一件平常事打扰他,扫了他的兴,他很生气。这位大臣敢言能谏,居然顶了一句:"臣以尚急于弹雀。"

这话没错。可是皇帝的面子往哪里放?这不是火上浇油吗?于是皇帝就打掉了大臣的两颗牙齿。这位大臣却不慌不忙把牙齿捡起来放到怀里。赵匡胤大骂：好啊，你还敢留物证，你还准备告我？造反呢？大臣回答得好：我不敢告你，可是自有史官会把这事记下来。言下之意，这是你历史上的污点，让后人都知道你是个好声色犬马，而不能虚心纳谏的君主。

这句话击中了赵匡胤的要害。中国人有青史留名的情结。赵匡胤一看事情虽小，但关系到历史对自己的评价，于是转怒为喜，重赏该臣。从而由不能纳谏的暴躁君主，变为知错则改、虚怀若谷的明君。

摸钟辨贼 沈 括①

陈述古②密直③知④建州浦城县日，有人失物，捕得莫知的为盗者。

述古乃绐④之曰："某庙有一钟，能辨盗，至灵。"使人迎置后阁祠之，引群囚立钟前，自陈：不为盗者，摸之则无声；为盗者，摸之则有声。述古自率同职，祷钟甚肃。

祭讫，以帷围之，乃阴使人以墨涂钟。良久，引囚逐一令手入帷摸之，出乃验其手，皆有墨，唯有一囚无墨，讯之，遂承为盗。盖恐钟有声，不敢摸也。

《梦溪笔谈》

【注释】

①沈括（1031~1095）：字存中，号梦溪丈人。杭州钱塘（今浙江杭州）人。北宋科学家、政治家。仁宗嘉祐进士。曾参加王安石变法。曾任司天监、翰林学士、权三司使及地方官等。著有《梦溪笔谈》等。

②陈述古（1017~1080）：即陈襄，字述古，侯官（今福建福州）人。

③密直：枢密院直学士，官名。

④知：主持，管理。

⑤绐（dài）：哄骗。

【赏读】

陈述古确实狡黠，有智谋，懂得心理学。他不但臆造了一座至灵的辨盗钟，重要的是还煞有介事地率同僚隆重地举行了祭钟仪式，以此强化神钟灵验的可信度，给偷盗者以巨大心理压力。只有如此才能确保偷盗者不敢摸钟。

吕文靖①试子 刘延世②

吕文靖生四子，公弼、公著、公奭、公孺③皆少。时文靖与其夫人语："四儿他日皆系金带④，但未知谁作宰相，吾将验之。"他日，四子居外，夫人使小鬟擎四宝器，贮茶而往，教令至门，故跌而碎之。三子皆失声，或走归告夫人者，独公著凝然不动。文靖谓夫人曰："此子必作相。"元祐⑤果大拜⑥。

《孙公谈圃》

【注释】

①吕文靖：即吕夷简（979～1044），字坦夫，谥号文靖。寿州（治今安徽凤台）人。北宋大臣，长期任宰相。封申国公，徙许国公。

②刘延世：字玉孟，号述之，明临江新喻（今江西新喻）人，著作有《画继》《宋诗纪事》等。《孙公谈圃》是孙升口述、刘延世所记录之书。孙升（1501～1560），字志高，号季泉，浙江余姚人，官至礼部尚书。

③公弼、公著、公奭（shì）、公孺：吕夷简四子，当为公绰、公弼、公著、公孺，而无公奭。此处记录有误。

④金带：唐制三品以上文武官员服金鱼带。

⑤元祐：宋哲宗年号，1086～1094年。

⑥大拜：做高官。拜，授官。

【赏读】

  小鬟故意摔倒,打碎宝器。不事先打招呼,不让事先做准备,突然"考试",才能看出人的真性情。

  其他三人皆大惊失声,只有公著凝然不动。吕夷简考验的就是,遇事能否沉着冷静,淡然处之。从小看大,三岁看老。看其自幼是不是就有泰山崩于前而面不改色的气度。

  看来公著经受住了考验,宰相肚里能撑船。果然,后来他做了宰相。

呆县丞① 浮白主人②

长洲③县丞马信,山东人。一日乘舟谒上官,上官问曰:"船泊何处?"对曰:"船在河里。"上官怒,叱之曰:"真草包!"信又应声曰:"草包也在船里。"

《雅谑》

【注释】

①县丞:官名,辅佐县令。
②浮白主人:明人,著有《笑林》《雅谑》等。
③长洲:今江苏苏州。

【赏读】

呆县丞确实呆,对上官的话不理解,答非所问。

但也可以从另一角度看,马信不善于奉承上司。他是为公事而来,问船泊在哪里,这跟公事有什么关系?所以他装傻充愣,回答:"船在河里。"惹上官生气。上官骂他:"真草包!"他立即回答:"草包也在船里。"

他假装不知道上官在骂他,让你达不到侮辱的目的,让你怒气无法发泄,干生气。看似愚蠢的回答,却蕴含着更高的智慧。

海刚峰① 冯梦龙②

有御史怒其县令。县令密使嬖儿③侍御史,御史昵之,遂窃其符④逾墙走。

明晨起视篆,篆箧已空。心疑县令所为,而不敢发,因称疾不视事。海忠介时为教谕⑤,往候御史。御史闻海有吏才,密诉之。

海教御史夜半于厨中发火。火光烛天,郡属赴救。御史持篆箧授县尹,他官各有所护。及火灭,县令上篆箧,则符在矣。

《古今谭概》

【注释】

①海刚峰:即海瑞(1514~1587),字汝贤,号刚峰,谥忠介。回族。明广东琼山(今属海南省海口市琼山区)人。初任南平教谕。曾任南京户部主事、右佥都御史、南京吏部右侍郎等职。因上书敢言帝过而下狱。受排挤,十六年闲居。持身廉介,疾恶如仇,蔑视权贵。有《海瑞集》。

②冯梦龙(1574~1646):字犹龙,号龙子犹、顾曲散人、墨憨斋主人等。长洲(今江苏苏州)人。明代文学家、戏曲家。最有名的作品为"三言":《喻世明言》《警世通言》《醒世恒言》。

③嬖儿:受宠爱的女人。

④符:官印。

⑤教谕:县学教官,掌文庙祭祀,训诲所属生员。

【赏读】
　　御史向县令发火,县令不好发作却怀恨在心,伺机报复。于是县令赔上心爱的女人,施展美人计。好色的御史果然上当,得了美女,失了印,吓得不敢上班。明知县令使的坏,想要治他的罪却没凭据,何况还有把柄在人家手里。
　　正在束手无策时,他请教了教谕,教谕让他在官衙放了一把火,假装怕官印受灾,将印匣交给县令。县令无疑拿到了烫手山芋,空匣子没法交回去。知道御史看破了自己的阴谋,只好把官印完璧归赵。县令是赔了夫人又折兵,打掉门牙往肚里咽。
　　这场攻防战打得很精彩。大家心照不宣,暗中较劲,从未撕破面皮,攻防转换十分自然。最后以教谕的计谋讨回了官印,更是令人拍案叫绝。

令狐文公①平米价 郑瑄②

令狐文公守兖州,境内方旱。召属吏至,问米价几何?州有几仓?问讫,屈指自语曰:"旧价若干,四仓各出米若干,以若干定价粜,则可赈救矣。"左右听之,流语达郡中。富人竞发所蓄,物价顿平。

《昨非庵日纂》

【注释】

①令狐文公(766~837):名楚,字壳士,自号白云孺子,唐代大臣,谥文。敦煌(今属甘肃)人。

②郑瑄:字汉奉,号昨非庵居士。闽县(今福州)下度人。明崇祯四年(1631)进士,授南京户部主事,升度支使。后出任浙江嘉兴府知府、应天(今南京)巡抚。他为官清廉,后退隐回乡。辑录正史、野史名人正士之嘉言懿行成《昨非庵日纂》二十卷。

【赏读】

大旱缺粮,富户囤米,令狐楚知道如果强令富户卖粮可能会引起富户抵制,于是他掐指算粮价,自语打算开仓卖粮。虽是自说自话,却故意让左右听见,将消息传播出去。果然不出所料,富户被令狐楚忽悠了,得到传言,竞相抛售屯粮,于是立刻平稳了米价。

与鬼打架　袁　枚[①]

　　湖南张少廷尉[②]名璨,字岂石,紫髯伟貌,议论风生,能赤手捕盗……又谓人云:"见鬼莫怕,但与之打。"人问:"打败奈何?"曰:"我打败,才同他一样。"

《随园诗话》

【注释】

①袁枚(1716~1798):字子才,号简斋、随园。钱塘(今浙江杭州)人。清代文学家。乾隆进士,曾任江宁等地知县。辞官后,侨居江宁(今南京),在小仓山筑园林,号"随园"。作品大多表现闲情逸致。有《小仓山房集》《随园诗话》《子不语》等。有《随园诗话》十六卷,《补遗》十卷。

②廷尉:掌管刑狱的官员。

【赏读】

　　只要将生死置之度外,遇到鬼就不怕跟他打。胜了你还是人,他还是鬼;不胜,被打死了,大家都是鬼。最低也是打了个平手,他也不比你强,你也不比他差,总之不会输。有什么可怕?真是想得开,看得透,说得妙!

打笸斗 吴趼人[①]

大令一日坐堂,有互扭而来控者,则米店人控面店人吞没其笸斗也。面店人曰:"是固我物,彼强来诬我者!"米店人曰:"彼初来借用,云即还;讵久假不归,意图吞没。"

大令笑曰:"是笸斗之罪也!"命覆斗阶下,呼役扑之,躬自离座监视。扑至数百,忽升座叱面店人曰:"是米店物,若何得吞没之?"

面店人呼冤,则指覆斗处,令自视,曰:"初扑之,所出者面麸;扑至再三,则糠秕见矣。是非初为米店物,而为汝借用者乎?复乌乎赖?"两造皆拜服,遵断去。

《我佛山人笔记》

【注释】

① 吴趼人(1866~1910):名沃尧,字小允,号茧人,后改趼人。广东南海佛山(今佛山市)人。因住佛山,自署我佛山人。清末小说家。著有小说《二十年目睹之怪现状》等。

【赏读】

双方都说笸斗是自己的,借没借?没证据。大令不审当事人,却判定笸斗有罪过,倒覆笸斗挨板子,葫芦里卖的什么药?

最后谜底才揭晓,佩服大令判得巧。审案判案多用脑,生活常识不可少。

老鼠之功 徐 珂[1]

顾亭林[2]居家恒服布衣,附身者无寸缕之丝。当著《音学五书》[3]时,《诗本音》卷二稿再为鼠啮,再为誊录,略无愠色。有劝其翻瓦倒壁一尽其类者,顾曰:"鼠啮我稿,实勉我也。不然,好好搁置,焉能五易其稿耶?"

《清稗类钞》

【注释】

①徐珂(1869~1928):原名昌,字仲可,浙江杭县(今杭州市)人。光绪年间举人。后任商务印书馆编辑。参加南社。曾担任袁世凯在天津小站练兵时的幕僚。1901年在上海担任《外交报》《东方杂志》的编辑。编著《清稗类钞》《历代白话诗选》《古今词选集评》等。

②顾亭林(1613~1682):名炎武,初名绛,字宁人。明昆山(今属江苏)亭林镇人,学者称亭林先生。明清之际著名思想家、学者。著有《日知录》《顾亭林诗文集》等。

③《音学五书》:研究汉语上古音的著作。全书分《音论》《诗本音》《易音》《唐韵正》《古音表》5个部分,其中《诗本音》详细地考查了《诗经》押韵字的古音。

【赏读】

辛辛苦苦著的书稿,却一再被老鼠咬坏,作者只能一遍遍重抄。

何等令人气愤!

　　事情有两面性,看你怎么对待。顾亭林把它看作好事:老鼠要不咬,自己就懒得改。而老鼠的破坏,逼他不得不重抄,抄一次改一次,提高了书稿的质量。祸兮福所倚,福兮祸所伏。塞翁失马,焉知非福。所以老鼠有功。辩证对待,坏事不坏,心情愉快,皆处事之理。

卷二

巧妙应对

墨子劝弟子学 墨 子

墨子劝弟子学曰:"汝速学,君当仕①汝。"

弟子学期年,就墨子责②仕。墨子曰:"汝闻鲁人乎?有昆弟五人,父死,其长子嗜酒,不肯预葬,其四弟曰:'兄若送葬,我当为兄沽酒。'葬讫,就四弟求酒。四弟曰:'子葬父,岂独吾父也?吾恐人笑,欺以酒耳!'今不学,人自笑子,故劝子也。"遂不复求仕。

《墨子》

【注释】

①仕:做官。
②责:求。

【赏读】

要实现一个善良的愿望,就要有巧妙的方法和安排,要因材施教。对这位懒惰的学生,开始就讲大道理,他未必听得进去。先以名利诱之,令其发奋,待学业有成之后,再晓以学习本为分内事之义。如此,善意的谎言却有事半功倍之效。

使者以琴为喻 韩 婴

赵王使人于楚,鼓瑟而遣之,曰:"慎无失吾言①。"使者受命,伏而不起,曰:"大王鼓瑟,未尝若今日之悲也。"王曰:"调。"使者曰:"调则可记其柱②。"王曰:"不可。天有燥湿,弦有缓急,柱有推移,不可记也。"

使者曰:"请借此以喻。楚之去赵也,千有余里,亦有吉凶之变,凶则吊之,吉则贺之,犹柱之有推移,不可记也。故王之使人,必慎其所之③,而不任以辞④。"

《韩诗外传》

【注释】

①无失吾言:别忘了我的嘱咐。

②可记其柱:意谓记住调了哪根柱,就一劳永逸,不用再调了。柱,瑟上调节声音的短木。

③慎其所之:慎重考虑他去(出使)的国家。

④不任以辞:不规定必须说什么话。

【赏读】

使者领命出使楚国,对赵王"慎无失吾言"这句话,很有意见,但也不能当面反对,必须以其他话题侧面切入,见机行事。

赵王正在鼓琴,使者故意说琴声今天特别悲怆,其实并不尽然,不过借题发挥而已。接着谈到调琴，谁都知道不能胶柱鼓瑟，他却装糊涂，问能不能记住琴柱的位置，固定下来，下次就不用再重新调试了。诱导赵王进入预设的"陷阱"。赵王果然讲起调琴的千变万化，事先不能有什么预案。

时机到了，使者就以调琴为喻，说明客观情况在不断变化，必须给使者以见机行事的权力。大臣出使他国，王应当"不任以辞"，不能事先把要说的话都给规定死。就这样，兜了一个大圈子最后才否定了赵王的"慎无失吾言"的嘱托。

乙窃甲肉 邯郸淳①

甲买肉过都,入厕,挂肉着外。乙偷之,未得去,甲出觅肉,因诈便口衔肉云:"挂着门外,何得不失?若如我衔肉着口,岂有失理。"

《笑林》

【注释】
①邯郸淳(约132~221):又名竺,字子叔。三国魏颖川阳翟(今河南禹州)人。文学家、书法家。著有《笑林》三卷,今存二十九则。后人尊其为笑林祖师。

【赏读】
乙偷肉还没离开,甲就出来了。乙机智聪明,心理素质极佳,立刻冷静应对,把肉衔在了嘴里,而且还给甲分析了丢肉的原因,并且介绍了自己衔肉在口的理由。

乙深谙心理学,他越是从容冷静,为对方着想,对方就越不会怀疑他,也不好意思怀疑他。如果撒腿就跑,后果就很难预料。明人江盈科的《雪涛小说》里也有类似的故事:

一贼,白昼入人家,盗磬一口,持出门,主人偶自外归,贼问主人曰:"老爹,买磬否?"主人答曰:"我家有磬,不买。"贼径持去。至晚觅磬,乃知卖磬者,即偷磬者也。

诸葛子瑜①之驴 陈　寿

恪②父瑾面长似驴。孙权大会群臣，使人牵一驴入，长检其面，题曰"诸葛子瑜"。恪跪曰："乞请笔益两字。"因听与笔。恪续其下曰："之驴。"举座欢笑，乃以驴赐恪。

《三国志》

【注释】

①诸葛子瑜（174~241）：名瑾。琅邪阳都（今山东沂南）人。诸葛亮兄。三国吴大臣。受孙权优礼，官至大将军。

②恪：即诸葛恪（203~253），字元逊，诸葛瑾子。

【赏读】

孙权开了一个玩笑，在驴面上的"字条"上写了"诸葛子瑜"四个字，把诸葛子瑜和驴画了等号，戏弄诸葛恪的父亲。孙权是国君，诸葛恪不能也不敢直接把"字条"撕下来，只能以幽默方式化解。孙权发起的挑战，结果输给了诸葛恪，只好顺坡下驴，真的把驴赐给了他。

请 佛　刘义庆

范宁①作豫章，八日请佛②有板③。众僧疑，或欲作答。有小沙弥在坐末，曰："世尊默然，则为许可。"众从其义。

《世说新语》

【注释】

①范宁（339~401）：字武子，南阳顺阳（今河南淅川东南）人。东晋经学家，曾任豫章太守。

②八日请佛：四月八日为释迦牟尼诞辰，这天以水灌佛像，谓之"浴佛"。当天大摆筵席，众人都可就食。

③板：官府文书。

【赏读】

作为豫章太守的范宁发来文书，要举行浴佛仪式。和尚们犹豫不决，而小和尚语出惊人：佛祖不说话，就说明他默许了。

小和尚预设了一个前提，那就是佛祖会说话，今天不说话，说明他同意浴佛，就此"绑架"了老和尚们。让他们谁也不敢否定他的话，否定了他的话就是大逆不道。

但是释迦牟尼的塑像确实不会说话，这是常识。但是作为释迦牟尼的信徒，谁也不敢捅破这层纸。所以大家不得不"从其义"。

刘伶①戒酒 刘义庆

刘伶②病酒,渴甚,从妇求酒。妇捐③酒毁器,涕泣谏曰:"君饮太过,非摄生之道,必宜断之!"伶曰:"甚善。我不能自禁,唯当祝鬼神自誓断之耳!便可具酒肉。"妇曰:"敬闻命④。"供酒肉于神前,请伶祝誓。

伶跪而祝曰:"天生刘伶,以酒为名,一饮一斛,五斗解酲⑤。妇人之言,慎不可听!"便引酒进肉,隗然⑥已醉矣。

《世说新语》

【注释】

①刘伶:字伯伦。西晋沛国(治今安徽濉溪县西北)人。"竹林七贤"之一。嗜酒,曾作《酒德颂》。

②病酒:饮酒沉醉如病。

③捐:丢弃,扔掉。

④闻命:同意(你的)意见。

⑤酲(chéng):喝醉后神志不清。

⑥隗(wěi)然:颓然醉倒的样子。

【赏读】

文虽短,故事却一波三折。两人对话,自然合理,日常夫妻间好像都曾经历过这样的拌嘴。

刘伶要酒,妻子毁了酒器,态度坚决,规劝丈夫的话不多,却是语重心长,充满关爱。对一个嗜酒如命的人来说,刘伶如果发毒誓说一定戒酒,很难让人相信。所以他先承认自己戒酒很难,必须准备好酒肉向鬼神发誓,借助外力,令神灵监督才行。这话符合酒鬼戒而废、废而戒的实情。

看在刘伶态度很诚恳,妻子相信了他,果真备好了酒肉。结果却是"妇人之言,慎不可听"。吃光了"骗来"的酒肉,酩酊大醉。

禁 屠 韩琬①

则天禁屠杀颇切,吏人弊于蔬菜②。师德③为御史大夫,因使至于陕。厨人进肉,师德曰:"敕禁屠杀,何为有此?"厨人曰:"豺咬杀羊。"师德曰:"大解事④豺。"乃食之。

又进鲙,复问:"何为有此?"厨人复曰:"豺咬杀鱼。"师德因大叱之:"智短汉,何不道是獭?"厨人即云是獭。

《御史台记》

【注释】

①韩琬:字茂贞,唐南阳(今属河南)人。曾官拜监察御史,开元中任殿中侍御史。著有《御史台记》。

②弊于蔬菜:弊,使疲困、疲乏。延伸之有餍足、讨厌意。指吃蔬菜吃够了。

③师德:即娄师德(630~699),字宗仁。曾任监察御史。

④解事:明白事理,懂事。

【赏读】

武则天禁止吃肉,娄师德作为钦差到地方出差,哪敢违禁动荤。一问,厨师回答得很好,这羊不是专门宰杀的,是被豺咬死才处理的,不吃了白白浪费。娄师德一听高兴了,可以名正言顺地开开荤了。不无幽默地夸奖这只豺太明白事理了,干得好。实际是在表扬厨师会办事，十有八九这话是当地官员教给厨师的。娄师德和地方官员大家心照不宣就是了。

可惜这位厨师不能举一反三，等把鱼送上餐桌时，仍然说是豺咬死的。既然厨师回答得不合逻辑，鱼肯定是厨师亲手宰杀的，娄师德应该很生气，拒绝下箸才是。娄师德确实"大叱之"，叱的不是厨师你为什么欺骗我，而是批评他缺心眼！为什么不说是水獭咬死的！为了能尝到美味，钦差大臣居然不惜教厨师如何说谎。说是獭伤了鱼，吃这样的鱼合理又合法。

由此可见，武则天的禁杀令，真把大臣馋坏了。同时也可以看出娄师德的诙谐。

李元皛错打刘琮琏 牛 肃①

李元皛为沂州刺史,怒司功②郗承明,命剥之③屏④外。

承明狡猾者也。既出屏,适会博士⑤刘琮琏后至,将入衙。承明以琮琏儒者,则前执而剥之,绐曰:"太守怒汝衙迟,使我领人取汝,令便剥将来⑥。"

琮琏以为然,遂解衣。承明目吏卒,擒琮琏以入,承明乃逃。元皛见剥至,不知是琮琏也,遂杖之数十焉。琮琏起谢曰:"蒙恩赐杖,请示罪名。"元皛曰:"为承明所卖。"竟无言,遂入户。

《纪闻》

【注释】

①牛肃:唐人,约生于武后时,卒于代宗朝。有传奇小说集《纪闻》十卷,已佚,《太平广记》多有采录。

②司功:州、县长官的佐吏。主管祭祀、丧葬、教育、科考等事务。

③剥之:此处指脱去外衣。

④屏:当门的墙。即照壁。

⑤博士:专精一艺的职官。

⑥剥将来:脱了外衣带进来。

【赏读】

郤承明狡猾,金蝉脱壳跑了;刘琮琔老实,糊里糊涂挨打。只"为承明所卖"一句话这事就完了?刘琮琔白挨打。

李元晶"竟无言,遂入户"。打错了下属,道歉?太没面子。再补打郤承明,那不是让更多人知道此事,更加彰显自己的昏庸吗?所以啥话别说了,退堂回屋里,免得更尴尬。郤承明巧妙地逃过一劫。

陆兖公①答参军② 李 肇③

陆兖公为同州刺史④,有家僮遇参军不下马。参军怒,欲贾其事⑤,鞭背见血。入白⑥兖公,曰:"卑吏犯公,请去官⑦。"公从容谓曰:"奴见官人不下马,打也得,不打也得。官人打了,去也得,不去也得。"参军不测⑧而退。

《唐国史补》

【注释】

①陆兖公:即陆象先(665~736),原名景初,苏州吴县(今江苏苏州)人,唐朝宰相,封兖国公。

②参军:刺史的属官。

③李肇:唐史学家、文学家。做尚书左司郎期间,写成《唐国史补》,记载了自开元至长庆一百多年间的人和事。写书的宗旨是"纪实事,探物理,辨疑惑,示劝诫,采风俗,助谈笑"。

④刺史:州的军政长官。

⑤贾其事:像商人推销商品一样,张扬其事,扩大影响。

⑥白:汇报,禀告。

⑦去官:辞去官职。

⑧不测:不明白,搞不清楚。

【赏读】

陆兖公的家僮见参军不下马,在当时,是有失尊卑之礼的。参军把长官家僮狠狠打了一顿。打狗还要看主人呢，他却小题大做，故意张扬，把事情闹大。得理不让人，并且以辞职要挟，实则要陆充公处罚或赶走家僮。意在给陆充公一个下马威，表明自己不好惹，以此提高自己的地位。

　　这事，让陆充公处于两难境地：家僮虽然礼数不周，但终究是小事一桩，而且参军已经惩罚过了，不便再做处理。同意参军辞职，则显得自己气度狭小，而且有包庇家奴、挟怨报复、打击下官之嫌。

　　于是陆充公就模棱两可打哈哈，话里绵中带刺：我的家僮见你不下马，虽然失礼，但是可以打，也可以不打，一件小事，你不必大动肝火。既然打了，扯平了，就完了，至于你走，还是不走，都行，我没意见，你看着办吧。让参军碰了一个软钉子。

雨惧抽税 郑文宝①

金陵建国之初,关市苛苦之。时亢旱日久,上曰:"近京皆报雨足,独京城不雨,何也?"申建高②对曰:"雨惧抽税,不敢入城。"

《南唐近事》

【注释】
①郑文宝(953~1013):字仲贤。宁化(今属福建)人。仕南唐为校书郎,宋太平兴国八年(983)进士,官至兵部员外郎。工诗及篆书,善弹琴。著有《江表志》《南唐近事》《江南余载》等。
②申建高:优人名字。

【赏读】
优人不像大臣一样奏本上书,一本正经,正面论证建言。因其身份地位不同,多出言幽默,旁敲侧击,一语道破,使问题凸显,于嬉笑逗乐中达到目的。
雨不落京城,担心抽税,天尚畏惧,人何以堪。

看相辨夫人 江休复①

江南一节使召相者,命内子②立群婢中,令辨之。相者云:"夫人额上自有黄气。"群婢皆窃视之。然后告云某是。

《江邻几杂志》

【注释】

①江休复(1005~1060):字邻几。宋陈留(今河南开封东南)人。累迁刑部郎中。少强学博览,文章淳雅。有文集二十卷,散佚。今存《江邻几杂志》一卷。《郡斋读书志》评其"所记精博,绝人远甚"。

②内子:妻子。

【赏读】

相面人小施伎俩,说夫人额上有黄气,利用人们都有好奇心的特点,由奴婢目光之所聚,马上判断出哪位是夫人。相面术果真"高"。同时又讨得节使高兴:我夫人贵人自有天相,到底与奴婢不同。节使高高兴兴掏腰包,心甘情愿受愚弄。

榜下择婿　彭 乘①

今人于榜下择婿,号"髻婿"。其语盖本诸袁崧②,尤无义理。其间或有意不愿,而为贵势豪族拥逼不得辞者。

有一新后辈少年,有风姿,为贵族之有势力者所慕,命十数仆拥致其第③。少年欣然而行,略不辞避。

既至,观者如堵④。须臾有衣金紫者出,曰:"某惟一女,亦不至丑陋,愿配君子可乎?"少年鞠躬谢曰:"寒微得托迹⑤高门,固幸。将更归家,试与妻子商量,看如何?"众皆大笑而散。

《墨客挥犀》

【注释】

①彭乘:约宋哲宗元祐初在世。筠州高安(今属江西)人。仕至中书检正。能诗,与黄庭坚相唱答。著有《墨客挥犀》十卷及续十卷。多记宋代遗闻轶事、诗话文评。

②袁崧(?~401):一作袁山松。东晋陈郡阳夏(jiǎ)(今河南太康)人。曾任吴郡太守。少有才名,博学能文,善音乐。

③第:古代官员居住的住宅,府第。

④堵:墙。

⑤托迹:寄身。

【赏读】

古代小说中不乏这样的故事:公子、小姐订婚,公子落难,家道衰落。小姐的父母悔亲,小姐坚持。日后公子科举高中,终成眷属。必须先"金榜题名时",然后才能"洞房花烛夜"。这篇故事倒好,不用提心吊胆未来女婿的科考、功名,到榜下找一个现成的金榜题名的女婿。走了捷径,省了心。不管女儿怎样想,只要自己能攀上新贵,可以不择手段。

一位少年新进贵,被一位有权势的贵族拉去强成亲。他却"欣然而行",这位新贵真够势利眼的。到了以后,权贵提出要把女儿许配给他。少年鞠躬感谢,受宠若惊,说:"我这样一个出身寒微的人,能托身高门,确实非常荣幸。"看到这里,人们真要骂他无耻了。可是最后一句:这事我要回家跟妻子商量商量,你看怎么样?真是画龙点睛之笔,让人忍俊不禁。前面"欣然而行",鞠躬致谢,都是为最后一句话而"蓄势"。

少年到权贵家时,引起了人们的极大兴趣,所以"观者如堵"。少年巧妙地说了最后一句话后,"众皆大笑而散"。前后呼应。权贵在众人面前丢尽了脸面,实在难堪。

俸禄减半 曾敏行[①]

大农[②]告乏时,有献廪俸减半之议。优人乃为衣冠之士,自冠带衣裾被身之物辄除其半,众怪而问之,则曰:"减半。"已而两足共穿半裤劈[③]而来前。复问之,则又曰:"减半。"问者乃长叹曰:"但知减半,岂料难行。"语传禁中,亦遂罢议。

《独醒杂志》

【注释】

①曾敏行(1118~1175):字达臣,号独醒道人、浮云居士、归愚老人。南宋吉州庐陵吉水(今属江西)人。著有《独醒杂志》十卷。多记两宋轶闻,可补史传之阙,间及杂事,亦足广见闻。

②大农:古官名,负责与农业有关之事。

③劈(qīng):用一只脚跳行。

【赏读】

农业乃立国之本,时值粮食歉收,国库空虚,于是有人建议:节省开支,减少官员俸禄。这事触动了官员们的利益。从文中可以看出来优人是受到既得利益集团的指使,才一唱一和地表演。最后问者长叹"但知减半,岂料难行",一语点题,说明了他们的诉求。"难行"二字语意双关,表面是走路困难,实则是说薪俸减半无法推行,薪俸改革遇到既得利益官员们的强烈抵制。通过这个喜剧小品,给"禁中"传达一个信号:减薪无法推行,最后"禁中"也只好知难而退。

晏景初①请僧 陆 游②

晏景初尚书请僧住院③，僧辞以穷陋不可为。景初曰："高才固易耳。"僧曰："巧妇安能作无面汤饼乎？"景初曰："有面则拙妇亦办矣。"僧惭而退。

《老学庵笔记》

【注释】

①晏景初：即晏敦复，字景初。抚州临川文港沙河（今属江西南昌）人。南宋诗人。官至吏部尚书。

②陆游（1125~1210）：字务观，号放翁，山阴（今浙江绍兴）人，南宋诗人。孝宗时，赐进士出身。官至宝章阁待制。一生力主抗金。存诗九千余首。著有《剑南诗稿》《渭南文集》《南唐书》《老学庵笔记》等。

③住院：指作寺院住持。

【赏读】

晏景初请"高才"僧来住持寺院。这位高僧却缺乏弘扬佛法的精神，畏葸不前，嫌条件太差，说："巧妇安能作无面汤饼乎？"

晏景初回答得很巧妙："有面则拙妇亦办矣。"要是条件好，谁都能当住持，何必找你。就因为你是高僧看得起你，才让你充此大任。既奉承了僧人，戴了高帽，又堵死了僧人推托的后路。

不死酒 罗大经①

　　岳阳有酒香山,相传古有仙酒,饮者不死。汉武帝得之,东方朔②窃饮焉。帝怒,欲诛之,方朔曰:"陛下杀臣,臣亦不死;臣死,酒亦不验。"遂得免。

　　方朔数语,圆转简明,意其窃饮以发此论,盖风③武帝之求长生也。

《鹤林玉露》

【注释】

　　①罗大经(1196~1252后):字景纶。南宋吉州庐陵(今江西吉安)人。南宋理宗宝庆二年(1226)进士,曾任容州法曹。有《鹤林玉露》十六卷。

　　②东方朔(前154~前93):字曼倩,西汉平原厌次(今山东惠民东)人。善于辞赋。性格诙谐滑稽。

　　③风:同"讽",用含蓄的话指责或劝告。

【赏读】

　　享尽荣华富贵者想长生,受尽痛苦煎熬者求速死。秦始皇、汉武帝都是前者。年纪越大,长生不老的欲望越强烈,各种方士纷至沓来,汉武帝一次次受骗,仍执迷不悟。

　　正面反对者不多,如果反对,那就是不希望皇帝长寿,谁敢担当这个罪名！力谏的大臣有风险，且皇帝很难接受。

像东方朔这样迂回应对，以己之矛攻己之盾，让对方左右不是，既规避了风险又起到了效果。

表面看，擅自偷喝皇帝的不死酒，是找死，非常危险。但是因为喝的是不死酒，又非常安全。东方朔以身试"药"，使自己立于不"死"之地。汉武帝无可奈何，绝对不能杀东方朔，如果真的杀不死，既惩罚不了东方朔，还落了个妄杀大臣之名；如果杀死了东方朔，就证明不死酒不灵，自己被人愚弄。所以东方朔的做法是左右逢源，自身的安全能得到保障，起到效果也相对较好。

卜者子 赵南星①

　　卜者子不习本业，父谴怒之。子曰："此甚易耳。"次日有从风雨中求卜者，父命子试为之，子即问曰："汝东北方来乎？"

　　曰："然。"曰："汝姓张乎？"曰："然。"复问："汝为尊正②卜乎？"亦曰："然。"

　　其人卜毕而去。父惊问曰："尔何前知如此？"子答云："今日乃东北风，其人面西而来，肩背尽湿，是以知之。伞柄明刻清河郡③，非张姓而何？且风雨如是，不为妻谁肯为父母出来？"

《笑赞》

【注释】

　　①赵南星（1550~1627）：字梦白，号侪鹤，别号清都散客。高邑（今属河北）人。明政治家、文学家。万历进士，官至吏部尚书。是与宦官魏忠贤斗争的东林党重要人物，失败后，谪戍代州，病卒。有《赵忠毅集》《味檗斋文集》《芳茹园乐府》等。另有笑话集《笑赞》，多为讽世之作。

　　②尊正：与"令正"同。对别人妻子的敬称。

　　③清河郡：治所在清阳（今河北清河东南）。为张姓郡望之一，多张姓。

【赏读】

　　长江后浪推前浪，一代更比一代强。老子不服不行。在儿子看来替人占卜是小菜一碟，牛刀小试，就大获全胜，老子大为惊讶，虚心讨教。儿子不但善于观察，知识渊博，知道清河郡是张姓郡望，且是"社会学家"，深知民情风尚，老婆重于父母。

儿子算卦推命，绝不先下断语，问了三个全是有定指的问题，只需回答"对"与"不对"。这样就留下了回旋的余地、转圜的空间。说对了是神机妙算，说错了再随机应变，卜者永远立于不败之地，最后总能推算"准确"。

御史判鼠案　江盈科①

嘉靖间一御史,蜀人也,有口才。中贵②某,欲讥御史,乃缚一鼠虫,曰:"此鼠咬毁余衣服,请御史判罪。"御史判曰:"此鼠若问笞杖徒流③太轻,问被凌迟绞斩太重,下他腐刑④。"中贵知其讥已,然亦服其判断之妙。

《雪涛谐史》

【注释】

①江盈科(1553~1605):字进之,号渌萝山人。桃源(今属湖南)人,明万历二十年(1592)进士,历任长洲知县、大理寺正、户部员外郎等。著有《皇明十六种小传》《雪涛谐史》等。
②中贵:太监。
③笞杖徒流:打了杖子流放。
④腐刑:即宫刑,割去男子生殖器。

【赏读】

太监想看御史的笑话,给你个老鼠让你判。御史心里明白,这家伙小题大做耍威风,有意戏弄。好,让我判我就判,一本正经作判词,判个"腐刑"给你看。太监没想到御史让老鼠跟自己同列,一样受腐刑。太监最忌讳的就是这事,一下子被戳了软肋。太监搬起石头砸了自己的脚。

情愿作妾 江盈科

一妻，悍而狡，夫每言及纳妾，辄曰："尔家贫，安所得金买妾耶？若有金，唯命。"夫乃从人称贷得金，告其妻曰："金在，请纳妾。"妻遂持其金纳袖中，拜曰："我今情愿做小罢，这金便可买我。"夫无以难。

《雪涛谐史》

【赏读】

丈夫不安分，一心要纳妾。妻子知道一个穷光蛋，哪有那闲钱！所以敢答应：只要你有钱，就随你的便。谁知丈夫真的借到了钱。妻子一看大事不好，心生一计，随机应变。先把定金拿过来，买我做妾吧，妻妾二职一身担，肥水不流外人田，看你小子怎么办！

箱装贼尸送贼家 冯梦龙

某家娶妇之夕,有贼来穴壁,已入矣,会其地有大木,贼触木倒,破头死。烛之,乃所识邻人。仓皇间,惧反饵祸。新妇曰:"无妨。"令空一箱,纳贼尸于内。舁^①至贼家门首,喙啄^②数下。贼妇开门见箱,谓是夫盗来之物,欣然收纳。数日夫不还,发视乃是夫尸。莫知谁杀,因密瘗^③之而遁。

《智囊》

【注释】

①舁(yú):共同抬东西。

②喙啄:敲门。

③瘗(yì):埋葬。

【赏读】

这位新娘聪明之至。她掌握了盗贼不敢声张、只能吃哑巴亏的心理,把贼的尸体直接装箱送给他的家属。事情处理得低调隐蔽,既避免了人命官司,又维持了正常邻里关系,还给贼人家属一个警告:你们的所作所为已经被人发现。

谢 生　冯梦龙

长洲^①谢生嗜酒，尝游张幼于^②先生之门。幼于喜宴会，而家贫不能醉客。一日得美酒招客，童子率斟半杯，谢生苦不足，因出席小遗，纸封土块，招童子密授之，嘱曰："我因脏病发，不能饮，今以数文钱劳汝，求汝浅斟吾酒也。"发封得块，恨甚，故满斟之，谢是日独得倍饮。

《智囊》

【注释】

①长洲：今江苏苏州。

②张幼于：名献翼，字幼于，后更名敉（mǐ）。明昆山（今属江苏）人。嘉靖中国子监生。为人放荡不羁，言行诡异。精于《易》。

【赏读】

谢生想多喝酒，如果有银子，偷偷塞给童子一点，让他多多关照就行了。可是他偏偏没有银子，又想多喝酒，这事就难办了。于是想了一个损招：拿纸包土块当银子，送给童子，假说自己有病，少斟酒。

童子发现上当以后，被激怒了，你越要我少斟，我越斟满杯，喝死你这个病鬼。谢生要的就是这效果。他一边痛饮一边偷着乐：小毛孩子，你还嫩点。

布政司吏 冯梦龙

相传某布政①请按台②酒,坐间,布政以多子为忧。按台只一子,又忧其寡。吏在旁云:"子好不须多。"布政闻之,因谓曰:"我多子,汝又云何?"答曰:"子好不愁多。"二公大称赞,共汲引③之。

《智囊》

【注释】
①布政:指布政使,官名。一省的行政长官。
②按台:按,即按察使,明时一省的司法长官。台,是对官员的一种称谓。
③汲引:引进,提拔。

【赏读】
"须""愁"两字用得好,儿子少也好,儿子多也好,两边都讨好。见人说人话,见鬼说鬼话。左右能逢源,果然得提拔。

杀犬偿鹿 潘永因[1]

安晚郑清之[2]居青田,府鹿食民稻,犬噬杀之。府嘱守黥犬主。幕官拟曰:"鹿虽带牌,犬不识字。杀某氏之犬,偿郑府之鹿足矣。"守从之。

《宋稗类钞》

【注释】

①潘永因:字长吉。清江苏常熟(今属江苏)人。后因避祸逃至平陵(今陕西咸阳),埋头著书,汇集宋代稗官野史摘录编成《宋稗类钞》八卷(该书作者一说为李宗孔)。

②郑清之(1176~1251):初名燮,字德源、文叔,别号安晚,庆元府鄞县(今浙江宁波鄞州区)人。著有《安晚集》。

【赏读】

本来是挂着"郑府"牌子的鹿吃了百姓的稻子,郑府输了理。狗把鹿咬死了。一物抵一物,就可以了。郑家却要地方官处犬主人以墨刑。显然是仗势欺人。

地方官遇上了当过丞相的大官,官大一级压死人,怎么办?他幕僚的主意好,首先要把案子界定为动物和动物之间的"命案",那就在动物之间判决,并以幽默的判词化解:狗是文盲不识字,咬死鹿情有可原,所以把狗判死刑抵命,跟狗的主人没有关系。

陈全滑稽 褚人获①

明金陵陈全,负俊才,性好烟花②。持数千金游燕,皆费于平康③市。一日浪游,误入禁地④,为中贵所执,将畀⑤巡城。全曰:"小人是陈全,祈公公见饶。"

中贵素闻其名。乃曰:"闻陈全善取笑,可作一字,能令我笑,即释你。"全曰:"屁。"中贵曰:"此何说?"全曰:"放也由公公,不放也由公公。"中贵笑不自制。因放之。

《坚瓠集》

【注释】

①褚人获:清康熙年间在世。字稼轩,又字学稼,号石农,长洲(今江苏苏州)人。清初文学家,一生未仕。著有《坚瓠集》等。《坚瓠集》于古今典制、人物事迹、诗词艺术及琐闻轶事皆有记载,尤以明清轶事为多。另有历史小说《隋唐演义》。

②烟花:旧时妓女的代称。

③平康:泛指妓女所居之地。

④禁地:皇宫。

⑤畀(bì):给予。

【赏读】

一字逗人笑,确实不容易。一个"屁"字,引出"放与不放",

语意双关。说得贴切,符合实际,既好笑,又奉承了太监。

　　太监大多没有多少墨水,比较粗俗,所以给他们来不得高雅,否则他们听不懂,再解释半天,笑点就低了。陈全深知他们的口味,以粗俗对粗俗,让他们一听就懂,果然收到了"一字笑"的最佳效果。

官僧互考 戴延年①

毕秋帆②抚③三秦④,道经某刹,驻轩⑤随喜⑥。一老僧迎入。毕曰:"尔亦诵经否?"僧答以曾诵。毕曰:"一部《法华经》⑦,得多少'阿弥陀佛'?"

僧曰:"荒庵老衲深愧愚根⑧。大人天上文星,作福全陕,自有夙悟⑨,不知一部四书,得有多少'子曰'?"毕愕然,深赏之。

《秋灯丛语》

【注释】

①戴延年:清长洲(今江苏苏州)人。约乾隆、嘉庆间在世。著有《吴语》《秋灯丛语》。

②毕秋帆:即毕沅(1730~1797),字缥蘅,一字秋帆,自号灵岩山人。清乾隆进士,官至湖广总督。治学范围很广,经史、小学、金石、地理之学无所不通。著有《灵岩山人文集》《灵岩山人诗集》。

③抚:巡抚的省称。清时为省级地方政府长官。

④三秦:秦亡后,项羽分秦故地为三,分别分封给章邯、司马欣、董翳三人。三人所领地,合称"三秦"。

⑤驻轩:驻,停下。轩,车子的代称。

⑥随喜:游览佛寺。

⑦《法华经》：《妙法莲华经》的简称，佛教主要经典之一。

⑧深愧愚根：根，佛教名词，是"能生"之意。因眼、耳等对于色、声等能生起感觉。愚根，"能生"愚钝之意。

⑨夙悟：生来聪明，早慧。

【赏读】

　　毕秋帆看到半路上有一座寺院远离名山，他大概以为这里的和尚都是饭桶。所以张口就问寺中老僧读没读过佛教最常见、最经典的《法华经》，显然有轻蔑之意。和尚回答读过。毕秋帆还不罢休，故意找茬，问《法华经》里有多少"阿弥陀佛"。实在有失朝廷大员及学者的风度。

　　和尚回答：我这荒僻寺院的老僧愚钝无知，您的问题回答不了，深感惭愧。说话谦虚谨慎，退而待进，引弓待发。

　　接着他又把毕秋帆吹捧一番。您是天上降生的文星，给陕西带来了福气，自然早慧。"四书"您肯定烂熟于心，请教一下：其中有多少"子曰"？

　　先把对方高高抬起，然后抛出一个对方回答不了的问题，使得对方重重摔下。以其人之道还治其人之身，后发制人，让毕秋帆搬起石头砸自己的脚，非常难堪，下不了台。山野小寺，原来藏龙卧虎，毕秋帆这才大吃一惊。

卷三 讽刺嘲弄

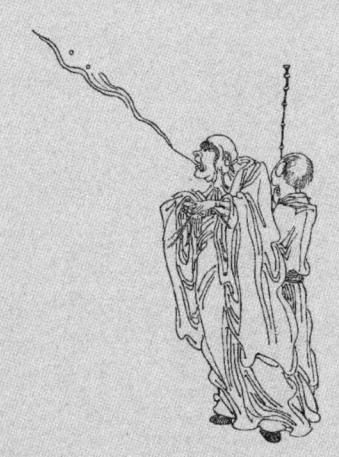

曾子①子贡②修容 戴 胜③

季孙④之母死,哀公⑤吊焉,曾子与子贡吊焉。阍人⑥为君在,弗内也。曾子与子贡入于其厩而修容焉。子贡先入,阍人曰:"向者已告矣。"曾子后入,阍人辟之。涉⑦内溜⑧,卿大夫皆辟位,公⑨降一等而揖之。

《礼记》

【注释】

①曾子(前505~前436):名参,字子舆。春秋末鲁国南武城(今山东平邑南)人。孔子学生,以孝著称。

②子贡(前520~?):端木氏,名赐,字子贡。春秋末卫国人。孔子学生,善于辞令。经商致富,从政于鲁、卫。

③戴胜:西汉人。相传《礼记》是他编纂的。该书是儒家经典之一。

④季孙:春秋后期掌握鲁国政权的贵族。

⑤哀公:即鲁哀公,春秋时期鲁国的最后一位君主。

⑥阍(hūn)人:看门人。

⑦涉:进入,走到。

⑧内溜(liù):大门之内承接屋檐水的地方。

⑨公:鲁哀公。

【赏读】

　　曾子、子贡来吊丧,开始不让进,化装以后被奉为贵宾,看门的前倨后恭,大臣慌忙让位,国王下阶相迎。

　　在德国幽默大师埃·奥·卜劳恩的不朽漫画杰作《父与子》中,有一组漫画,讲述了类似的故事,画的是父子二人到一座大门里面捡拾马粪,因穿着有穷酸相,门卫不让进。于是父子换了行头,西装革履,门卫问都不敢问,二人昂然而入,进去以后,拿出家什,依然捡拾马粪。这两则故事都能给人以启示。

阮咸①晒衣　刘义庆

阮仲容、步兵②居道南，诸阮居道北。北阮皆富，南阮贫。七月七日，北阮盛晒衣③，皆纱罗锦绮。仲容以竿挂大布犊鼻裈④于中庭。人或怪之，答曰："未能免俗，聊复尔耳。"

《世说新语》

【注释】

①阮咸：字仲容，西晋陈留尉氏（今属河南）人，阮籍之侄，精通音律，"竹林七贤"之一。狂放纵酒，不拘礼法。

②步兵：即阮籍（210～263），字嗣宗。陈留尉氏（今属河南）人。三国魏文学家。曾任步兵校尉，世称阮步兵。"竹林七贤"之一。有《阮步兵集》。

③晒衣：古时七月七日晒衣，防虫蛀。

④犊鼻裈（kūn）：围裙，形如犊鼻。

【赏读】

人家晒的是纱罗锦绮，是为了防止虫蛀坏衣服。阮咸一条布围裙，既不值钱又不怕虫蛀，也要拿出来晒晒。别人晒我也晒，让晒衣失去原有的意义，成了一种毫无实际用处的例行活动。

你晒绸缎，我晒破烂儿，就是有意亵渎七月七日盛大"晒衣"的习俗，就是要表现自己对富人炫富的蔑视和嘲弄。

蒋氏讽僧 郑文宝

唐湖州参军陆蒙妻蒋氏善属文①，嗜酒，姊妹劝节酒强食。蒋应声曰："平生偏好饮，劳尔劝吾餐。但得樽中满，时光度不难。"

僧知业有诗名，与蒙善，一日访蒙谈玄，蒋使婢奉酒。知业云："受戒不饮。"

蒋隔帘谓曰："上人②诗云：'接岸桥通何处路，倚楼人是阿谁家？'观此风韵得不饮乎！"知业惭退。

《南唐近事》

【注释】

①属（zhǔ）文：连缀字句成文，写作。
②上人：佛教称具备德智善行的高僧。

【赏读】

蒋氏由僧人知业的两句情诗，就能判断出知业是一位懂风月、有才情的人，这种人一定能饮酒。当婢女奉酒时，知业端着架子说："受戒不饮。"蒋氏马上念出他的两句诗，将了他一军。出家人六根清净，是不应该写这种情诗的。知业谈玄、受戒的假正经一下子被戳穿了，无地自容，羞惭而退。

文章虽短却表现了蒋氏能文喜酒、机敏泼辣、谈锋犀利的性格。

迎官旧例 文 莹①

黔郡②刺史③新任公宴。时伶人致词曰:"为报吏民胥④庆贺,灾星退去福星来!"刺史喜其善誉,问谁撰此,将遗赉⑤之。伶人对曰:"此郡中迎官成句⑥。"

《湘山野录》

【注释】

①文莹:字道温,钱塘(今浙江杭州)人,北宋僧。工诗,喜爱藏书,关心世务。有《湘山野录》一书,多记宋杂事。另有《玉壶清话》(又名《玉壶野史》)十卷。

②黔郡:今四川彭水。

③刺史:宋时官的虚衔,习惯上用作知州。

④胥:齐,皆。

⑤遗赉(wèi lài):赏赐奖品。

⑥成句:现成的话,套话。

【赏读】

自己居然是"福星",刺史心里乐开了花,急忙打听是谁写的,要好好奖赏他。伶人回答真扫兴:送旧迎新是套话,千万不要当真啊。话里有话:等您离任时,同样福星变灾星。可想刺史多尴尬。

说你"福星"是客气,骂你"灾星"是实意。天下乌鸦一般黑,让你听了空欢喜。

招邻僧闲话 彭乘

许义方之妻刘,以端洁自许。义方尝出,经年始归,语其妻曰:"独处无聊,得无时与邻里亲戚往还乎?"刘曰:"自君之出,唯闭门自守,足未尝履阈①。"义方咨叹不已。又问:"何以自娱?"答曰:"唯时作小诗以适情耳。"

义方欣然,命取诗观之。开卷第一篇题云:"月夜招邻僧闲话。"

《续墨客挥犀》

【注释】

①阈(yù):门槛儿。

【赏读】

妻子"端洁自许",丈夫离家一年,闭门不出,断绝了邻里亲朋的往来。丈夫感叹不已,真是一位贞节妇人。心疼妻子,问她就没找点乐子?妻子回答,偶尔作点小诗自娱。妻子不但贞静贤淑,而且高雅有情调。这些铺垫,树立了妻子的高大形象。

最后,"月夜招邻僧闲话"这开篇诗题,让妻子的形象一下子从云端跌入污泥,形成巨大的反差,把高大的形象摔得粉碎。华丽的外衣下,原来是彻底的虚伪。

不敢言而敢怒　王昕[①]

东坡在雪堂[②]，一日读杜牧之[③]《阿房宫赋》凡数遍，每读彻一遍，即再三咨嗟叹息，至夜分犹不寐。有二老兵皆陕人，给事左右，坐久甚苦之。一人长叹操西音曰："知他有甚好处，夜久寒甚不肯睡，连作冤苦声。"其一曰："也有两句好。"其人大怒曰："你又理会得甚底。"对曰："我爱他道'天下人不敢言而敢怒'[④]。"叔党[⑤]卧而闻之，明日以告。东坡大笑曰："这汉子也有鉴识。"

《道山清话》

【注释】

①王昕：宋人。《道山清话》原书不署作者姓名。《说郛》摘其数条刻之，题名宋王昕。该书末有王昕所作跋，述其祖父在馆阁很久，著有《馆秘录》《曝书记》《道山清话》三书，后因兵火，散佚不存。后在一人家看到，遂抄以存。因而此书的作者当为王昕之祖。《道山清话》主要记述苏轼、黄庭坚、秦观等人的言论及当时杂事。成书约在宋徽宗时期。

②雪堂：苏轼贬居黄州时所建，为其居住躬耕之所。

③杜牧之（803～853）：名牧，字牧之。京兆万年（今陕西西安）人。唐文学家。历任监察御史、刺史等，官终中书舍人。有《樊川文集》。

④天下人不敢言而敢怒：《阿房宫赋》中有"天下之人，不敢言而敢怒"。

⑤叔党：即苏过（1072~1123），字叔党，号斜川居士，苏轼第三子。

【赏读】

苏轼读《阿房宫赋》赞叹不已，夜深不寐。对两位老兵来说，站岗身心疲惫，想睡不能睡，非常恼火。他们对于苏轼为什么如此投入，感到不可理解。

其中一人说"也有两句好"，惹得对方大怒。这两句是"天下之人，不敢言而敢怒"。好就好在确切地反映了两个老兵当时的心情和感受：不敢当面跟苏轼提意见，只能背后生气发牢骚。同时也是一种自嘲。

嘲 医 沈俶[①]

一医治一肥汉而死。家人曰:"我饶你,不告状,但为我抬柩至墓所。"医人率妻子共抬。至中途,力不能举。乃吟诗曰:"自祖相传历世医。"妻续云:"丈夫为事累连妻。"长子云:"可奈尸肥抬不动。"次子云:"如今只拣瘦人医。"

《谐史》(引自《坚瓠集》)

【注释】

①沈俶:字里生卒年均不详。由《谐史》中所记载的赵师罢为临安尹事,可知沈俶为南宋嘉定以后人。书中记汴京旧闻,多诙谐嘲讽之语,故名《谐史》,凡一卷。

【赏读】

这里的惩罚倒也新奇,使医生全家抬棺材至墓所。不仅使之受累,丢脸,而且断这医生的财路,恐怕以后再无患者敢上门。

医人说"自祖相传历世医",到了这个地步,还卖弄自己的家世,似乎有点不服气。妻子、儿子的诗,语气中带有抱怨。次子的"诗",是全文笑点。前三人的"诗句",都为这最后一句起势,如飞机在跑道上滑行,至"如今只拣瘦人医",犹如飞机突然离地腾空而起。关键是这一句,为老爸找到了继续行医的"诀窍":今后照样骗人,只是要看准对象,拣瘦子医,不医胖子,就再也不会承受抬肥人棺木之苦。无意的天真,达到了令人喷饭的效果。

预作祭文 王恽①

一士人候②某官疾,既去,遗一稿于座。视之,盖预作祭文也。一日,又问一病友。友曰:"且休放入,待探怀无祭文相见。"闻者大笑。

《玉堂嘉话》

【注释】

①王恽(1227~1304):字仲谋。卫州汲县(今河南卫辉)人。元文学家。官至翰林学士、知制诰。元好问之弟子。有《玉堂嘉话》传世。

②候:问候。

【赏读】

探望病人,先做好祭文,真是两手准备:病人活着就慰问,病人死了读祭文。想得很周到,但是没想到的是祭文却落到了病人家里。带着祭文看病人,不是咒人家死吗?两人肯定断交。

所以第二位病友就先打招呼,揶揄士人,先做"安检",确认怀里没揣祭文才让进来。言下之意,你并非真正关心我的病,何必走过场。

南风先生 乐天大笑生[1]

一富翁极鄙吝,欲延师教子,思得不食不饮者乃可招致。或告曰:"某先生不用饮食,只吃南风一味。"富翁闻知,喜,既而沉思曰:"更与吾妻论定,方可请他。"

归而谋于妇,妇曰:"未可,未可。你且不要轻易,倘若一日发北风,你将何物与他吃?"

《解愠篇》

【注释】

[1] 乐天大笑生:明人,有《解愠篇》,初刊于明嘉靖年间。

【赏读】

某先生说自己不用吃喝,"只吃南风一味"就够了,明显的是在讽刺富翁的吝啬。没想到富翁当了真,只要一提到"吃",就提高了警觉。要和妻子讨论对方提的要求,是否暗含玄机?有无不当?

妻子一听就发现了"问题"。如果刮北风,没有南风可吃的时候,怎么打发他?是不是还要给他吃的?拔我们身上的毛?还是贤妻想得周到。所以这份合同不能签。

服渣相见 乐天大笑生

一庸医,药死病者,主家锁系廊下,将送于官。死者有弟哀哭曰:"我哥哥,如何再得相见也?"庸医应声曰:"若要相见,甚易耳。"问其故,答曰:"令兄药渣在否?再服一帖即相见。"

《解愠篇》

【赏读】

哥哥被治死,弟弟呼天抢地:不知如何才得相见。本是一句不须回答的痛心语。庸医却接茬说:"若要相见,甚易耳。"在人们非常冷静的时候,听到这句话,肯定大骂:你还敢胡说八道!这时的弟弟对哥哥去世万分悲痛,想见哥哥心切,听到庸医的话,太突然,一时反应不过来,居然"问其故"。

按照读者一般思路,庸医回答应当是做道场,说一些超度亡灵之类的话。没想到他却说:"令兄药渣在否?再服一帖即相见。"吃了药渣你也死,两个灵魂能相会,真是一个"好"主意。这个回答太意外,庸医庸得够水平!药的毒性够厉害!喜剧效果至此呈现得淋漓尽致。

吏人立誓　乐天大笑生

一吏人犯赃致罪,遇赦获免,因自誓以后再接人钱财,手当生恶疮。未久,有一讼者馈钞求胜。吏思立誓之故,难以手接,顷之则思曰:你既如此殷勤,且权放在我靴筒里。

《解愠篇》

【赏读】

看这贪官,在犯贪赦免后,立下了毒誓,洗心革面,要做清官。然而本性难移,遇人行贿,见钱眼开,心里痒痒。但前有誓言,苍天在上,不便违背。如何有两全之策?

果然钱能生智:说的是"手"接钱财生恶疮,并没说其他部位不能接钱,以脚代手不就得了。既不违背自己的誓言,又能贪赃纳贿,一举两得,心安理得。

另有故事说贪官上任,要做清官。发誓:左手收人钱,左手烂;右手收人钱,右手烂。有人行贿,他用盘子接。这位"清廉"得更彻底,连脚都不沾钱,根本不让身体跟钱接触。现在的人更高明,眼都看不见钱,直接打入账户。

颜回死得好 江盈科

　　有书生者性懒,所恨书多耳。读《论语》至颜渊①死,便称赏曰:"死得好,死得好。"或问之,答曰:"他若不死时,做出'上颜回''下颜回',累我诵读。"

《雪涛谐史》

【注释】

①颜渊（前521～前490）:名回,字子渊。春秋末鲁国人。是孔子很赏识的学生。早死,孔子极为悲痛。

【赏读】

　　颜渊是很有道德修养的人,他的死使得孔子非常悲痛。人们对先贤、英雄总是怀着非常崇敬的心情。比如,荆轲刺秦不成,后人多为之扼腕叹息,"惜哉剑术疏,奇功遂不成"（陶渊明《咏荆轲》）。而这位书生对颜渊早死不但不惋惜,反而庆幸,连声赞曰:"死得好,死得好。"远古的颜渊死不死,跟书生有什么关系?为什么要为颜渊的死而叫好?理由是他如果不早死,《论语》里的"颜渊",说不定弄出个上下章来,累他诵读。

　　故事夸张可笑,但也看出书生懒惰、厌学到了何等地步!夸张中有真实在。

宰鸡请客　江盈科

有学博①者,宰鸡一只,伴以萝卜制馔,邀青衿②二十辈飨之。鸡魂赴冥司告曰:"杀鸡供客,此是常事,但不合一鸡供二十余客。"冥司曰:"恐无此理。"鸡曰:"萝卜作证。"及拘萝卜审问,答曰:"鸡,你欺心。那日供客,只见我,何曾见你。"博士家风类如此。

《雪涛谐史》

【注释】

①学博:唐时府郡置经学博士各一人,执掌以五经教授学生。后也泛指教官为学博。

②青衿:士子,少年。

【赏读】

杀一只鸡,招待二十多人,鸡被肢解得成了齑粉。鸡魂愤然将学博上告冥司。冥司不相信学博会如此吝啬。鸡就请来萝卜作证。如果萝卜说:"确实如此。"故事到此也就平平淡淡结束了。

没想到作者却让萝卜爆料说:"鸡,你昧着良心说话,那天请客,只有我在,何曾见到过你?"故事陡起波澜。证明宴席上菜里面鸡肉少得连萝卜都没发现。

鸡魂和萝卜的对话风趣诙谐,辛辣地讽刺了这位传学授经的经学博士的悭吝。

海寇作诗　谢肇淛[①]

宋郑广以海寇来降,授以职官,旦望趋府,群寮无与立谈者,广郁郁不言。一日晨衙,群寮谈诗,广起于座曰:"郑广粗人,有拙诗白之诸公。"乃朗吟曰:"郑广有诗上众官,文武看来总一般。众官做官却做贼,郑广做贼却做官。"满坐惭噱。

《五杂组》

【注释】

①谢肇淛(1567~1624):字在杭,长乐(今属福建)人。明万历进士,曾任广西左布政使等职。水利专家,曾作《北河纪》。能诗。有笔记《五杂组》,分天、地、人、物、事五部分,记读书及见闻所得,多记掌故风物。另有《小草斋集》等其他著作。

【赏读】

宋代的郑广作为海寇因投降而授官,同僚们都以自己出身于科举正道而自矜,鄙视宋郑广,耻于跟他交谈。

群僚在谈诗,可能大家以为这种雅事,郑广也插不上嘴,没想到郑广居然也来凑热闹。头两句是"郑广有诗上众官,文武看来总一般",你们这帮文官和我这个做过强盗的"武官",看来都一样。同僚们肯定大为光火,你怎么能和我们同日而语?别着急,下两句就有答案:"众官做官却做贼,郑广做贼却做官。"我曾经是明抢,你们现在是暗夺,咱们都是身兼官、贼二职。你们有什么可骄傲的?

韩信①主考 浮白主人

宋壬戌科,秦桧之子熺,侄昌时、昌龄,一榜登第。时人愤恨,追问今岁知贡举为谁?一士答曰:"是韩信。"人争辩其非。士笑曰:"若非韩信主考,如何乃取三秦②?"

《雅谑》

【注释】

①韩信(?~前196):淮阴(今江苏淮安市淮阴区西南)人。汉初诸侯王。刘邦手下大将。屡立战功,封齐王。

②取三秦:秦亡后,刘邦被项羽封为汉王,有汉中、巴蜀之地。项羽又三分秦故地关中:章邯为雍王,司马欣为塞王,董翳为翟王,合称"三秦"。目的在于堵住刘邦进关中、中原的道路。韩信曾有"还定三秦"的建议,为刘邦采纳。

【赏读】

秦桧子侄三人同榜登第,舆论哗然。自然追究主考官何人。于是就有读书人调侃说,是韩信。把韩信"还定三秦"的建议,与秦桧子侄三人的"三秦"转换替代,贴切自然,以风趣之笔揶揄之,一泄胸中块垒。

产 喻 _{浮白主人}

一士屡科不利,其妻素患难产,谓夫曰:"中①这一节,与生产一般艰难。"士曰:"你是有在肚里,我却无在肚里。"

《笑林》

【注释】

①中:考中。

【赏读】

这位士人倒是坦白。妻子虽然难产,但腹中终究有胎儿。参加科举的举子肚子里是空空如也,但是还要按命题作文,搜索枯肠,无病呻吟,所以比生孩子更难受。这是对科举考试和举子们的极大讽刺。

万物一体 冯梦龙

一儒者谈万物一体,忽有腐儒进曰:"设遇猛虎,此时何以一体?"又一腐儒解之曰:"有道之人,尚且降龙伏虎;即遇猛虎,必能骑在虎背,决不为虎所食。"周海门①笑而语之曰:"骑在虎背,还是两体,定是食下虎肚,方是一体。"闻者大笑。

《古今谭概》

【注释】

①周海门(1547~1629):名汝登,字继元,别号海门。明嵊县(今浙江嵊州)人。王守仁再传弟子。曾集资创办鹿山书院。有《周海门先生文录》《东越证学录》等。

【赏读】

万物一体是说宇宙万物就其本源来说是一体的,无机物到有机物,到初级生物,到高级生物,到灵长类,到人。万物应当是和谐统一的,但万物又有区别。

腐儒机械地理解万物一体:人骑在虎背上零距离,就算万物一体了。所以周海门说,骑在虎背上,还是人是人,虎是虎。你只有让老虎吃了,到了虎肚子里,才算一体了。一语戳穿了腐儒对"万物一体"的肤浅认识。

三年难熬　冯梦龙

新官赴任，问吏胥曰："做官事体当如何？"吏曰："一年要清，二年半清，三年便混。"官叹曰："教我如何熬得到三年！"

《广笑府》

【赏读】

古代一般贪官，大都有这么一个过程。第一年初来乍到，情况不明，未免谨慎收敛，地方吏胥也不清楚新官底细，不知是贪是廉，都小心应对。所以还"清"。

第二年，新官渐渐了解官场风气，吏胥也摸清了新官秉性，于是开始小有不法。进入"半清"。

第三年，彼此心知肚明，沆瀣一气，鱼肉百姓，开始"混"。

这样的官员还有一个变的过程。而文中这位新官，一上任就是为搜刮民脂民膏而来，就打算一步到位。"教我如何熬得到三年！"要伪装两年，忍着贪腐的欲望，真是"熬"不了。

写 真 游戏主人①

有写真者,绝无生意,或劝他将自己夫妻画一幅行乐②贴出,人见方知。画者乃依计而行。

一日,丈人来望,因问:"此女是谁?"答云:"就是令爱。"又问:"他为甚与这面生人同坐?"

《笑林广记》

【注释】

①游戏主人:清代乾隆年间人。编纂有《笑林广记》一书。

②行乐:即行乐图。画人物的生活游乐或肖像。

【赏读】

画了本人和妻子的行乐图,可连自己的老丈人都认不出来。写的什么真!完全走了样,怪不得没生意。谁愿意把一张不相干的人像图挂在家里?

大方①打幼科　游戏主人

大方脉踩住小儿科痛打，旁人劝曰："你两个同道中，何苦如此。"大方脉曰："列位有所不知，这厮可恶得紧。我医的大人俱变成孩子与他医，谁想他医的孩子，一个也不放大来与我医。"

《笑林广记》

【注释】
①大方：指大方脉，古代医学十三科科目之一。宋、元、明三代有大方脉科，为治疗成人各种内科病的专科。此处指专治成人内科的大夫。

【赏读】
专治成人内科的大夫，把一个个成人治死，托生变成了幼儿，源源不断地给儿科大夫供货。儿科却把幼儿一个个治死了，从不让他们长大成人，断了大方脉科的货源。儿科大夫太不够朋友了，该打。

请下操 游戏主人

一武弁怯内,而带伤痕。同僚谓曰:"以登坛发令之人,受制于一女子,何以为颜?"弁曰:"积弱所致,一时整顿不起。"同僚曰:"刀剑士卒,皆可以助兄君威。候其咆哮时,先令军士披挂,枪戟林立,站于两旁,然后与之相拒。彼慑于军威,敢不降服!"

弁从之。及队伍既设,弓矢既张。其妻见之,大喝一声曰:"汝装此模样,欲将何为?"弁闻之,不觉胆落。急下跪曰:"并无他意,请奶奶赴教场下操。"

《笑林广记》

【赏读】

这位一声河东狮吼,吓得武弁魂飞魄散,真是一个扶不起的阿斗。

在同僚鼓励之下,做了充分准备,军士全副披挂,刀枪林立,要与一妇人对阵,见个高下。结果一上阵,妻子一声喝问,全部策划泡汤。幸亏武弁还比较机智:并无他意,是请奶奶阅兵。

武弁自己承认:"积弱所致,一时整顿不起。"看来此话不虚。

考 监 游戏主人

一监生过国学门,闻祭酒方盛怒两生而治之,问门上人者:"然则打欤?罚欤?镦锁①欤?"答曰:"出题考文。"生即唏然曰:"咦,罪不至此。"

《笑林广记》

【注释】

①镦(duì)锁:囚禁,使之失去自由。

【赏读】

"罪不至此",惩罚得不应该这么重。从这句话,可知对监生最严厉的惩戒就是"出题考文"。打、罚、关禁闭都无所谓,命题作文最可怕。作为一个太学生却怕写应试必备的八股文,极具讽刺意味,其学业水平不言自明。

戏 言 钱 泳①

吾乡华雨棠先生通申韩②之学,有名公卿间,常曰:"吾长子才庸而糊涂,故使其出仕;次子才敏而练达,故使其治家。"闻者莫不笑之,虽有戏言,实抒怀抱。

《履园丛话》

【注释】

①钱泳(1759~1844):原名钱鹤,字立群,号台仙,一号梅溪。清金匮(今属江苏无锡)人。出身于名门望族,一生不事科举,长期做幕客,足迹遍及大江南北。工诗词,善于书画,著有《履园丛话》《履园谭诗》《兰林集》《梅溪诗钞》等。《履园丛话》包罗人间万象,蔚为大观。

②申韩:即申不害、韩非。战国时期法家学派的代表人物。

【赏读】

才庸糊涂的让其做官,才敏练达的让其治家。在华雨棠眼里,头上顶着纱帽翅儿,人人怕,都听话,傻瓜糊涂蛋都能当官。把官场挖苦得见血露骨。治家可不同,要事必躬亲,精打细算,用心谋划。

所以华雨棠让蠢儿子混官场,祸害社稷;让精明的儿子治家,家业兴旺。

相 术 毛祥麟[1]

顾鹤鸣挟相人术,言多奇中。无赖子陶奇山往相。顾言其面起杀纹,三日内有牢狱之厄。言过切直,触陶怒,突起一拳,中顾要害,随毙,陶系狱拟抵。若顾之术神矣,余独怪其精于相人,而疏于自相也。

《墨余录》

【注释】

[1]毛祥麟:生活于咸丰至光绪年间。字瑞文,号对山。监生,官浙江候补盐大使。工诗、画,精医学。著述甚丰,有《三略类稿》《史乘探珠》《墨余录》《亦可居吟草》《对山三话》等。

【赏读】

确实让他说准了,陶奇山面带杀纹,而且三天之内有牢狱之灾。遗憾的是,他不知道陶奇山三天之内要杀的对象是谁。作者说得好:"若顾之术神矣,余独怪其精于相人,而疏于自相也。"作者说得客气,"疏于"二字,应改作"不能"。

所有算命先生,都有着"疏于自相"的毛病,能给别人指点迷津,如何可以发财致富,飞黄腾达。自己却顶风冒雪,路边设摊儿,难以糊口。真是极大的讽刺。

卷四

戏谑调侃

避悍邻 韩 非

有与悍者邻,欲卖宅而避之。人曰:"是其贯将满①也,遂去之或曰勿之矣,子姑待之。"答曰:"吾恐其以我满贯也。"遂去之。

《韩非子》

【注释】

①贯将满:"恶贯满盈"之缩略。

【赏读】

俗语说:远亲不如近邻,近邻不如对门。孟母三迁,择邻而居。邻居的选择不可等闲视之,跟一个凶暴的人为邻是危险的。有人劝说,这家伙恶贯满盈作孽快作到头了,再等等,别卖房子搬家了。这么严肃的话题,但却得到戏谑的回答:(你不是说,他快恶贯满盈了吗?)我担心我就是那个让他最后恶贯满盈的牺牲品。

身处危险之中,不怕一万就怕万一,多待一会儿也有危险。防患于未然,悍者邻居当即做决断,搬家,走人。

朝见皇帝 刘义庆

王文度①、范荣期②俱为简文③所要。范年大而位小,王年小而位大。将前,更相推在前,既移久,王遂在范后。王因谓曰:"簸之扬之,糠秕在前。"范曰:"洮之汰之,沙砾在后。"

《世说新语》

【注释】

①王文度:即王坦之(330~375),字文度。东晋晋阳(今山西太原市西南)人,弱冠有重名,累官中书令,封蓝田侯,与谢安同辅朝政。

②范荣期:即范启,字荣期,东晋南阳顺阳(今河南淅川)人,喜清谈。累居显职,终于黄门侍郎。

③简文:即东晋简文帝司马昱(yù)。

【赏读】

年少的让年老的先走一步,敬老;官阶低的让官阶高的先进去,守礼。都有谦谦君子之风。

两人都拿米说事,同样确切生动。

相互戏谑,互相斗嘴,表现了两人的聪明机智,也可看出他们关系的和谐亲密。

文当戒俗 欧阳修①

杨文公②尝戒其门人"为文宜避俗语"。既而公因作表云:"伏惟陛下,德迈九皇③。"门人郑戬遽请于公曰:"未审何时得卖生菜?"于是公为之大笑,而易之。

《归田录》

【注释】

①欧阳修(1007~1072):字永叔,号醉翁、六一居士。吉水(今属江西)人。北宋文学家、史学家。曾任枢密副使、参知政事。是北宋古文运动的领袖,为"唐宋八大家"之一。晚年辞官居颍州时作《归田录》。

②杨文公(974~1020):名亿,字大年,谥"文",世称杨文公。建州浦城(今属福建)人。北宋文学家,"西昆体"诗主要代表。

③九皇:传说中的远古帝王,与"韭黄"音同。

【注释】

杨亿赞颂皇帝"伏惟陛下,德迈九皇",意为赞颂皇帝功德超过古代九皇。却没想到"九皇"和"韭黄"同音,"迈"与"卖"又同音。结果这句话就成了"陛下得卖韭黄"。

杨亿因为经常告诫门人写文章应该力避俗语。门人郑戬牢牢记住了他的教诲,这次马上发现了"问题"。他很有幽默感,不跟杨亿直接提,却说(卖了韭黄),什么时候卖生菜?杨亿恍然大悟。

崖州①地望② 彭 乘

丁晋公③自崖州还,与客会饮,一客论及天下地理,谓四坐曰:"海内州郡,何处最为雄盛?"晋公曰:"唯崖州地望最重。"客问其故,答曰:"朝廷宰相只作彼州司户参军,它州何可及也。"

《续墨客挥犀》

【注释】

①崖州:辖地相当于今海南海口、文昌、琼海等地。古代多为政治犯流放地。

②地望:地位名望。

③丁晋公:即丁谓(966~1037),因封晋国公,故称丁晋公。字谓之,一字公言。北宋苏州长洲(今江苏苏州)人。曾任宰相。勾结宦官,独揽朝政。后被贬为崖州司户参军。

【赏读】

唐宋时期,海南岛在长安、开封的达官贵人眼中就是边远蛮荒之地。所以唐宰相李德裕,宋宰相卢多逊、丁谓,文学家苏轼等都曾被流放到此。别处"地望"显赫,是因为出了名人,如曲阜出了"圣人"。崖州地望"重",是来的高级犯人多。京城高官到了这里都成了"挂职"的基层小吏。"崖州地望最重"就成了绝妙讽刺。

雍丘①驱蝗诗 何薳②

米元章③为雍丘令,适旱蝗大起,而邻尉④司焚瘗,后遂致滋蔓,即责里正⑤并力捕除。或言尽缘雍丘驱逐过此,尉亦轻脱⑥,即移文⑦载里正之语致牒雍丘,请各务打扑收埋本处地分,勿以邻国为壑者。

时元章方与客饭,视牒大笑,取笔大批其后付之云:"蝗虫元是空飞物,天遣来为百姓灾。本县若还驱得去,贵司却请打回来。"传者无不绝倒。

《春渚纪闻》

【注释】

①雍丘:今河南杞县。

②何薳(wěi)(1077~1145):字子楚,一字子远,号韩青老农。北宋浦城(今属福建)人。有《春渚纪闻》十卷。

③米元章(1052~1108):名芾(fú),字元章,号襄阳漫士、海岳外史等,又称"米颠"。世居太原(今属山西),徙襄阳(今属湖北),后定居润州(治今江苏镇江)。北宋书画家。

④尉:此处指地方武官。

⑤里正:古代乡官。

⑥轻脱:轻率,不持重。

⑦移文:旧时公文的一种。

【赏读】

雍丘邻县官员有点蠢,错认蝗虫通人性,能够分辨县界和地域,只害雍丘不害邻。所以对雍丘正式发公文。

对待愚蠢可笑事,不能严肃回公文,只能调侃作打油。既然我能把蝗虫送给你,希望你能把蝗虫送还。一语点破邻尉的可笑与愚蠢。

某是鬼耶 吕本中①

司马温公②在洛阳闲居时,上元节③,夫人欲出看灯。公曰:"家中点灯,何必出看?"夫人曰:"兼欲看游人。"公曰:"某④是鬼耶?"

《轩渠录》

【注释】

①吕本中(1084~1145):字居仁,世称东莱先生。寿州(治今安徽凤台)人。南宋文学家。绍兴进士,官中书舍人。后被秦桧罢官。著有《东莱先生诗集》。另有《轩渠录》一卷。

②司马温公:即司马光。官至尚书左仆射兼门下侍郎。死后追封温国公。曾编写《资治通鉴》。

③上元节:即正月十五元宵节。

④某:用来代替自己,或自己的名字。

【赏读】

司马光夫人节日要出去看灯、看游人,可见她是活泼好动好热闹。而司马光却叫夫人看家里的灯,看他。明显的是严肃古板少情趣。

对话不多,但从"某是鬼耶"一句玩笑话,可以看出司马光夫妇关系的亲密和谐。

腹负将军 李 焘①

党太尉②进食饱,扪腹叹曰:"我不负汝。"左右曰:"将军不负腹,此腹负将军,未尝少出智虑③耳。"

《续资治通鉴长编》

【注释】

①李焘(1115~1184):字仁甫,号巽岩,眉州丹棱(今属四川)人。南宋史学家。著有《续资治通鉴长编》。

②党太尉:即党进(927~978),朔州(今属山西)人。北宋初年军事将领。目不识丁。

③智虑:智慧思虑。

【赏读】

文字不多,颇为生动。党进揉着肚皮说:"我可没有亏待了你。"酒足饭饱之后,身心舒坦,怡然自得,老小孩之状如在目前。

左右顺着党进的话往下说,以玩笑的语气道出了他们对党进的平日印象:有勇无谋。

左右的回话,透露出一些信息——党进是个粗人,不太计较尊卑、上下的等级、礼节。

慰　足　盛如梓[①]

曹东畎[②]赴省[③]，陆行良苦，以词自慰其足云："春闱[④]期近也，望帝京迢迢，犹在天际。懊恨这一双脚底，一日厮[⑤]赶上五六十里，争气，扶持我去。转得官归，恁时赏你，穿对朝靴，安排你在轿儿里。更选个弓样鞋[⑥]，夜间伴你。"

《庶斋老学丛谈》

【注释】

①盛如梓：号庶斋。元衢州（今属浙江）人，一说扬州（今属江苏）人。曾任崇明州判官。著有《庶斋老学丛谈》，载经史考辨，诗文评论，及所见所闻朝野轶事，并杂以神怪之事。

②曹东畎（quǎn）（1170~1249）：名豳（bīn），字西士，又字潜夫，号东畎。瑞安（今属浙江）人，南宋诗人、词人。早年家道贫穷，后官至宝章阁待制。

③赴省：进京（参加省试）。

④春闱：唐宋礼部考试生员在春天举行，称"春闱"。

⑤厮：古时干粗活杂活的奴隶或仆役。此处指"足"。

⑥弓样鞋：旧时妇女穿的弓形的鞋。

【赏读】

路远迢迢赴京城，不直接写风餐露宿、晓行夜宿的辛苦，却从安慰两只脚写起,角度新颖,出语调皮诙谐,让人忍俊不禁。

向双足许愿,口气里带着安慰、鼓励、歉意。好像在哄着有怨气的奴仆:希望争气,好好扶持我,帮帮忙,等我得了功名做了官,亏待不了你。现在穿的是平民布鞋,到时给你换双朝靴。也不用在路上东奔西跑了,让你坐在轿子里,好好享受,好好休息。再选个弓鞋,夜间伴你,让你婚配成家。

把自己金榜题名、洞房花烛的强烈愿望,通过换朝靴、坐官轿、配弓鞋,诙谐地一股脑儿倾泻出来。

表面插科打诨、幽默取笑,其实反映的是内心对科举应试的反感、辛酸以及对功名的强烈渴求的复杂心情。

禽言令^①　宋元怀^②

王荆公尝与客饮，喜摘经书中语作禽言令。燕云："知之为知之，不知为不知，是知也。"^③久之，无酬者。刘贡父^④忽曰："吾摘句取字可乎？"因作鹁鸪令曰："沽不沽？沽。"^⑤坐客皆笑。

《扪掌录》

【注释】

①令：此处指酒令，饮酒时的游戏。一人为令官，饮者听其号令，违则受罚。自唐以来盛行于士大夫之间。

②宋元怀：自号鞭然子，生平籍贯生卒年均不详。著有《扪掌录》。凡三十则，皆述宋人可笑之事。

③知之为知之，不知为不知，是知也：出自《论语·为政》。

④刘贡父（1023～1089）：名攽（bān），字贡夫，一作贡父、赣父，号公非。临江新喻（今江西新余）人。北宋史学家。官至中书舍人。助司马光纂修《资治通鉴》。著有《东汉刊误》等。

⑤沽不沽？沽：卖不卖？卖。《论语·子罕》有这么一段话。子贡曰："有美玉于斯，韫椟而藏诸？求善贾而沽诸？"子曰："沽之哉，沽之哉！我待贾者也。"意谓，子贡说：这里有块美玉，是放在柜子里藏起来呢，还是找一个识货的商人卖掉呢？孔子回答：卖掉，卖掉，我正等待识货的人呢。另外《论语·雍也》有："子曰：'觚不觚，觚哉！觚哉！'"这句话，是孔子在感叹时代什么都

变了，连酒杯都不像酒杯了。这里刘贡父用了前者"沽"的意思，用了后者"觚不觚"的语音和结构，组成了"沽不沽？沽"。

【赏读】

　　"知之为知之，不知为不知，是知也。"一口气读下来，读得快点，还真是燕子的呢喃声。"沽不沽，沽"也很像鹁鸪声声。竟然拿《论语》开玩笑，烘托出文人雅集恣肆欢快的气氛。

俺把你们哄 姚 福①

永乐初,尝遣使往天竺迎其僧来京兆,号大宝法王,居灵谷寺,颇著灵异,谓之"神通",教人念'唵嘛呢叭弥吽',于是信者昼夜念之。时翰林侍读②李继鼎③笑曰:"若彼既有神通,当通中国语,何为待译者而后知乎?且其所谓'唵嘛呢叭弥吽'云者,乃云'俺把你们哄'也,人之不悟耳。"

《青溪暇笔》

【注释】

①姚福:字世昌,号守素道人。明成化中南京(今属江苏)人。著有《青溪暇笔》等。

②翰林侍读:明清以翰林院为储备人才之地。翰林侍读为翰林院官员。

③李继鼎:明成祖朱棣永乐十四年(1416),曾被太子推举做皇太孙(长孙)讲读,后又悔之,不果。

【赏读】

"外来的和尚会念经",崇洋媚外早已有之。所以朝廷专门派使者去印度请"高僧"。来自西方的洋和尚特别受青睐,加之语言不通,更有神秘感。所以佛教弟子很容易被忽悠。

李继鼎就不信这个邪。如果这位洋和尚真是神通广大,对中国话就应该无师自通。既然还要翻译，可见其"神通"是骗人的。一语就点破了西僧"颇著灵异"的鬼把戏。他还戏谑信众念的"唵嘛呢叭弥吽"实际上就是"俺把你们哄"，众人被愚弄，还把它当真经，嘟嘟囔囔不离口，多么可怜可笑！

　　李继鼎能以无法辩驳的事实揭穿洋和尚的骗局，有智慧；以嬉笑戏谑的口吻表达，有幽默；敢于奚落皇室请来的众人崇拜的大师贵宾，敢于反潮流，有胆量。

纳粟监生① <small>沈德符②</small>

世所传纳粟监生,不能文者,司成③勒其入试,乃自批其卷云:"因怕如此,所以如此,仍要如此,何苦如此!"

《敝帚斋余谈》

【注释】

①纳粟监生:明清两代,富家子弟给官府缴纳一些钱财,即可进国子监研修学业,称监生。可不经过州府县考试,直接参加乡试(省城或京城考试)。

②沈德符(1578~1642):字景倩,又字虎臣。浙江秀水(今浙江嘉兴)人。明朝文学家。万历举人。撰有《万历野获编》,多记万历前之朝章典故。另有《顾曲杂言》等。

③司成:学官,国子监祭酒的代称,国子监的主管官。

【赏读】

因为怕考试,所以才花钱,还是要考试,何苦花这钱!四个"如此",两种含义。读来好似绕口令,意思很连贯,表达很清楚。既知今日,何必当初,追悔莫及白花钱。

恨卢郎 浮白主人

卢公暮年丧妻,续弦祝氏某少女。然祝以非偶[①],每日蹙眉。卢见而问曰:"汝得非[②]恨我年大耶?"曰:"非也。""抑或恨我官卑耶?"曰:"非也。"卢曰:"然则为何?"祝曰:"不恨卢郎年纪大,不恨卢郎官职卑,只恨妾身生太晚,不见卢郎年少时。"

《雅谑》

【注释】

①非偶:不是理想的配偶。
②得非:莫非,难道。

【赏读】

祝氏女不敢埋怨丈夫,只可"自责"生得太晚。合于封建社会妇道,符合"怨而不怒"的儒家标准。在幽默风趣、温婉贤淑、自嘲调侃的诗句中,却隐含着对老少婚配的极度怨艾。

婚姻已成事实,无法改变,只能以诗自怨自艾,宣泄深切的情感痛苦和无法排遣的幽怨。难怪"每日蹙眉",郁郁寡欢。

僧题壁 冯梦龙

霍尚书韬①，尝欲营寺基为宅，浼②县令逐僧。僧去，书于壁曰："学士家移和尚寺，会元③妻卧老僧房。"霍愧而止。

《古今谭概》

【注释】

①霍尚书韬：即霍韬，字渭先，号渭崖。正德进士。官至礼部尚书。明南海（今广东广州）人。

②浼（měi）：请托。

③会元：科举制度中全国举人到京会考之第一名。这里指霍韬。他在正德八年（1513）中举人，正德九年联捷会元。

【赏读】

以势压人，强占寺院营私宅。和尚硬斗不是对手，而且是县令下的命令，怎敢对抗？只好作诗恶心你。

"学士家移和尚寺"，全家剃度成僧人；"会元妻卧老僧房"，妻子与老僧有染。这地方霍大人还能住吗？

两句诗保住了庙产，和尚靠软实力取得了胜利。

丑妇八字 冯梦龙

南里先生娶妻,求国色,故久而不就。一旦为媒氏所欺,反奇丑。艾子①往贺,因询其庚甲②,欲为推算。南里先生闭目摇首而答曰:"辛酉戊辰,乙巳癸丑。③"

《古今谭概》

【注释】

①艾子:假托的战国时的一位滑稽人物,其书《艾子杂说》有人认为作者是苏轼。

②庚甲:旧时算命,把人的出生年、月、日、时用干支八字表示,叫年庚或庚甲。

③辛酉戊辰,乙巳癸丑:音近于"新有妇人,一似鬼丑"。

【赏读】

南里先生说出新人的八字,用干支组成的字的发音近似于"新有妇人,一似鬼丑"。当时是"闭目摇首"说的,国色没找到,反得丑八怪。可以想见,那无可奈何自嘲之情状,心情又是何等抑郁和痛苦。只好以调侃的口吻胡乱编一组"八字",挖苦一下丑老婆,出出这口闷气。

义官①洗浴　醉月子②

义官奔走汗甚,因就混堂③浴。浴毕而起,大小衣已被人偷去,正喧嚷间,主人诮④其图赖⑤。义官愤甚,乃带纱帽着靴,以带系赤身,谓众人曰:"难道我是这等来的?"

《精选雅笑》

【注释】

①义官:官府给予地方做公益事业者封的称号。
②醉月子:姓名生平不详。明豫章(今江西南昌)人。
③混堂:浴池。
④诮:讥讽。
⑤图赖:图谋耍赖。

【赏读】

头戴纱帽,脚穿靴子,两头冠履齐全。中间光溜溜的,腰间围条带子,这形象绝对好笑。

"难道我是这等来的?"这句话更是让人忍俊不禁,更是对自己的调侃。一个行动胜过千言万语的口舌之争。丢没丢衣服,还用争辩吗?你们众人看看,我总不能赤条条来浴池吧?

何物下饭 潘永因

有水先生者,颇能前知祸福。王子野待制①甚敬信之。子野正食,罗列珍品甚盛,水生适至,子野指谓生曰:"试观之,何物可以下饭?"生遍视良久曰:"此皆未可,惟饥可以下饭尔。"

《宋稗类钞》

【注释】
①待制:官名。宋时于正式官职之外,另以诸阁学士、直学士、待制加给文臣,作为衔号。

【赏读】
王子野餐桌上山珍海味,美味佳肴,很得意地对水先生说,看一看,哪样菜能让你下饭?水先生看了半天,都看过了,却语出惊人:这些都不能下饭。可以想见王子野该是如何震惊,我这里水陆八珍样样都有,你却看不上眼,口味也太高了!水先生接着说:只有"饥饿"可以下饭。一语惊人,道人之所未道。看似平常话,确实是真理。饥饿时,粗茶淡饭,狼吞虎咽;腹饱时,美食琼浆,不能下咽。

僧出家 袁 枚

有僧见阮亭①先生,自称应酬之忙颇以为苦。先生戏云:"和尚如此烦扰,何不出家?"闻者大笑。余按杨诚斋②有句云:"袈裟未着嫌多事,着了袈裟事更多。"③

《随园诗话》

【注释】

①阮亭:即王士禛(1634~1711),字子真,一字贻上,号阮亭,又号渔洋山人。新城(今山东桓台)人。清诗人。顺治进士,官至刑部尚书。有《带经堂集》《池北偶谈》等。

②杨诚斋(1127~1206):名万里,字廷秀,号诚斋。吉水(今属江西)人。南宋诗人。与尤袤、范成大、陆游齐名,称"南宋四家"。绍兴进士,曾任秘书监。著有《诚斋集》。

③袈裟未着嫌多事,着了袈裟事更多:出自杨诚斋《赠抄经头陀》诗:"刺血抄经奈若何?十年依旧一头陀。袈裟未着嫌多事,着了袈裟事更多。""嫌"一作"言"。

【赏读】

真正出家人,就要看破红尘,摆脱一切俗务,摒除一切人间烦恼,面壁苦行。既然"自称应酬之忙颇以为苦",是苦于应酬,而不是苦于面壁修行,就说明还是没有"出家",不过是换了个行头,换了个地方忙应酬。

所以阮亭的"戏言"没有错,是对某些"出家"人的辛辣讽刺。穿上袈裟,不等于出家,身在庙堂心在市,那是假和尚。这就需要二次出家,彻底摆脱滚滚红尘,以心皈依佛门净土。看来做到这点,还真不容易。

在今天的商业社会里,有的出家人,汽车代步,手机交流,手表计时,与时俱进,不知如何能"面壁十年"而苦修?是否需二次出家?

学圣人 袁 枚

有学究言，人能行《论语》一句，便是圣人。有纨绔子弟笑曰："我已力行三句，恐未是圣人。"问之，乃"食不厌精，脍不厌细①""狐貉之厚以居也②"。

《随园诗话》

【注释】
①食不厌精，脍不厌细：出自《论语·乡党》。
②狐貉之厚以居也：出自《论语·乡党》。

【赏读】
　　学究对《论语》绝对崇拜，认为句句是真理，哪怕能真正实践《论语》中的一句话，就能成圣人。这位"粉丝"未免太过了。所以一下子就让纨绔子弟抓住了破绽，以戏谑的方式驳斥学究。
　　这位富家子弟，吃的细米细肉丝，穿的狐貉皮裘，真正实践了《论语》的三句话，远远超过了"行《论语》一句"的要求，做三个圣人都够了，可是他并不是圣人。
　　虽然是对《论语》三句话的断章取义，但却有力地驳斥了学究的虚夸。

遇 偷 游戏主人

偷儿入贫家,遍摸无一物,乃唾地开门而去。贫者床上见之,唤曰:"贼,有慢了,可为我关好了门去。"偷儿曰:"你这样人,亏你还叫我贼!我且问你,你的门关他做甚么?"

《笑林广记》

【赏读】

有趣之处,在于被偷的人很淡定,我穷得叮当响,害怕偷?说话客气,赔小心,慢待了,对不起,没让你偷到东西,帮我关好门,语气中带有歉疚。

偷儿什么也没偷着,白来一趟,愤愤不平一肚子气。反客为主,理直气壮训斥被偷的:你比我还穷,还有资格叫我贼?穷得精光,还关什么门!

医 赔 游戏主人

一医医死人儿,主人欲举讼。愿以己子赔之。一日医死人仆,家止一仆。又以赔之。夜间又有叩门者云:"娘娘产里病,烦看。"医私谓其妻曰:"淘气!那家想必又看中你了。"

《笑林广记》

【赏读】

这大夫当的!给谁治病谁死。赔了儿子,赔仆人。女人分娩来请他,依照医死什么赔什么的惯例,还没出门,他就担心这次要赔夫人。对妻子说:"那家想必又看中你了。"一个"又"字,好像赔儿子和赔仆人,都是看中了他的儿子和仆人。

秦桧夫妇 倪 鸿①

阮文达②平蔡牵③，得其兵器，悉铸秦桧夫妇铁像，跪于岳忠武④庙前。好事者戏撰一联，制两小牌题之，作夫妇二人追悔口吻，其一系秦桧颈上曰："咳，仆本丧心，有贤妻何至若是。"⑤其一系王氏颈上曰："啐，妇虽长舌，非老贼不到今朝。"公谒庙时见之，不觉失笑。

《桐阴清话》

【注释】

①倪鸿（1828～?），字延年，号云癯。清临桂（今属广西）人。早年为巡检，官仅九品。四十六岁后遍游各地。善诗词。有《退遂斋诗抄》《花阴写梦词》等。另有《桐阴清话》。

②阮文达（1764～1849）：名元，字伯元，号芸台，谥号文达。清仪征（今属江苏）人。为乾隆、嘉庆、道光三朝元老，官至体仁阁大学士，加太傅。曾校勘《十三经注疏》，著有《揅经室集》。

③蔡牵（1761～1809）：福建同安人。清嘉庆年间东南海上起义军首领。

④岳忠武：即岳飞。被秦桧杀害。后追谥武穆，追封鄂王，后又改谥忠武，追封太师。

⑤咳，仆本丧心，有贤妻何至若是：秦桧欲杀岳飞，与妻子商量于东窗之下。妻子说："擒虎易，放虎难。"这句话坚定了秦桧杀

万物一体 冯梦龙

　　一儒者谈万物一体,忽有腐儒进曰:"设遇猛虎,此时何以一体?"又一腐儒解之曰:"有道之人,尚且降龙伏虎;即遇猛虎,必能骑在虎背,决不为虎所食。"周海门①笑而语之曰:"骑在虎背,还是两体,定是食下虎肚,方是一体。"闻者大笑。

《古今谭概》

【注释】

　　①周海门(1547~1629):名汝登,字继元,别号海门。明嵊县(今浙江嵊州)人。王守仁再传弟子。曾集资创办鹿山书院。有《周海门先生文录》《东越证学录》等。

【赏读】

　　万物一体是说宇宙万物就其本源来说是一体的,无机物到有机物,到初级生物,到高级生物,到灵长类,到人。万物应当是和谐统一的,但万物又有区别。

　　腐儒机械地理解万物一体:人骑在虎背上零距离,就算万物一体了。所以周海门说,骑在虎背上,还是人是人,虎是虎。你只有让老虎吃了,到了虎肚子里,才算一体了。一语戳穿了腐儒对"万物一体"的肤浅认识。

三年难熬 冯梦龙

新官赴任,问吏胥曰:"做官事体当如何?"吏曰:"一年要清,二年半清,三年便混。"官叹曰:"教我如何熬得到三年!"

《广笑府》

【赏读】

古代一般贪官,大都有这么一个过程。第一年初来乍到,情况不明,未免谨慎收敛,地方吏胥也不清楚新官底细,不知是贪是廉,都小心应对。所以还"清"。

第二年,新官渐渐了解官场风气,吏胥也摸清了新官秉性,于是开始小有不法。进入"半清"。

第三年,彼此心知肚明,沆瀣一气,鱼肉百姓,开始"混"。

这样的官员还有一个变的过程。而文中这位新官,一上任就是为搜刮民脂民膏而来,就打算一步到位。"教我如何熬得到三年!"要伪装两年,忍着贪腐的欲望,真是"熬"不了。

岳飞的决心。所以说:"有贤妻何至若是。"

【赏读】

秦桧的"咳",透出无可奈何的悲叹,我不好,如果你是一位贤妻,也不至于这样!秦桧妻子的"啐",显现泼妇本色。我是多说了些话,当时你怎么同意了?"老贼"如果有主见,也不至于有今天。

东窗事发,这对阴险的夫妻像是对簿公堂,互相埋怨,推脱责任,都想减轻自己的罪责。

两人对话,互相对骂,口语村言,恰似平时夫妇拌嘴。而又符合东窗密谋的史实,符合各自主谋、帮凶的身份。且出于宰相和宰相夫人之口,更觉滑稽有趣。

剔灯棒 石成金①

一人晚向寺中借宿，云："我有个世世用不尽的物件，送与宝寺。"寺僧喜而留之，且加恭敬，至次早，请问："世世用不尽的，是什么物件？"其人指佛前一树破帘子云："将此物作剔灯棒儿，生生世世哪里用得尽。"

《笑得好》

【注释】

①石成金（1659~1739）：字天基，号惺斋。清扬州（今属江苏）人。清代著名文学家、养生学家。主要著作有《长生秘诀》《养生镜》《石成金医书六种》等。另有笑话集《笑得好》（《传家宝》四集之一）。取家常事，用俚俗语成文，意在激励劝勉，颇为流行。

【赏读】

有一件"世世用不尽的物件"，不要说和尚感兴趣，读者也想知道到底是什么宝物。谜底一揭穿，原来是张破竹帘子。破竹帘子算什么宝物！第一，不值钱；第二，已经失掉了帘子的用处。但是物尽其用，要做剔灯棒，这人说的没错，还真是世世代代用不完。

期盼、想象和谜底揭穿后的出人预料，形成极大的反差，就产生了幽默。这个故事的"副产品"就是：废物都是相对的，用得好能变宝。

割 鸡 雷瑨①

某处举行县试,题为"割鸡"②二字。一卷有云:"其为黄鸡耶?其为白鸡耶?其为不黄不白之鸡耶?"阅卷者批其上云:芦花鸡③。及阅其对比,则云:"其为雌鸡耶?其为雄鸡耶?其为不雌不雄之鸡耶?"又批云阉鸡。

《文苑滑稽谈》

【注释】

①雷瑨(1871~1941):字君曜,别号娱萱室主,笔名云间颠公、缩庵老人等。松江(今属上海)人,清光绪十四年(1888)举人。曾任《申报》编辑多年。一生编选、著述甚多。

②割鸡:出于《论语·阳货》:"割鸡焉用牛刀"。

③芦花鸡:毛色黑白相间,斑纹宽狭一致。

【赏读】

科举考试多用儒家经典一句话作八股文,代圣人立言。举子们有时无话可说,就生拉硬扯,离题万里。幽默的考官就在卷子上以毒攻毒,揶揄讽刺。割鸡焉用牛刀,和鸡的羽毛颜色,是雌鸡还是雄鸡有什么关系,所以考官就回答:杂毛芦花鸡,不雌不雄的阉鸡。

卷五

愚人无知

鲁人执竿 邯郸淳

鲁有执长竿入城门者,初竖执之,不可入,横执之,亦不可入,计无所出。俄有老父至,曰:"吾非圣人,但见事多矣。何不以锯中截而入。"遂依而截之。

《笑林》

【赏读】

可笑的老父五十步笑百步,还倚老卖老。看来这位老父经事虽多,确实"非圣人"。进了城,毁了竿,这就是老父的"聪明"。执竿进城,因为竿有用;折竿进城,竿已无用,何必再进城。

休 妻　邯郸淳

平原①丘氏,取勃海墨台氏女,女色甚美,才甚令②,复相敬。已生一男而归③。母丁氏年老。进见女婿。女婿既归而遣妇。妇临去请罪。夫曰:"曩④见夫人,年德以衰,非昔日比。亦恐新妇老后,必复如此!是以遣,实无他故。"

《笑林》

【注释】

①平原:西汉置郡、国名。治所在今山东平原县西南。
②令:善,美好。
③归:归宁,回娘家看望父母。
④曩:过去,从前。

【赏读】

见了丈母娘老态,看到了妻子的未来。在他看来,岁月对妻子是无情的,而自己却青春永驻。

如果妻子聪明,就应该让丈夫去看看他爸爸的老脸,也许还能挽救这桩婚姻。

何 婆 张鷟

浮休子①曾于江南洪州②停数日,遂闻土人何婆,善琵琶卜③。与同行人郭司法质④焉。

其何婆,士女填门,饷遗满道,颜色充悦,心气殊高。郭再拜下钱,问其品秩⑤。

何婆乃调弦柱,和声气曰:"个丈夫富贵,今年得一品,明年得二品,后年得三品,更后年得四品。"郭曰:"何婆错,品少者官高,品多者官小。"何婆曰:"今年减一品,明年减二品,后年减三品,更后年减四品,忽更得五六年,总没品。"郭大骂而起。

《朝野佥载》

【注释】

①浮休子:作者张鷟的号。
②洪州:治所在今江西南昌。
③琵琶卜:占卜的一种,弹琵琶以卜吉凶。
④质:咨询。
⑤品秩:官吏的品位等级。

【赏读】

本来想讨个吉利的,却让何婆子的乌鸦嘴咒了一番。什么都不懂的算命女人,以为品的数字越大官越大。问卜的告诉她理解反了。好,那就一品两品地往下减吧。结果减得没"品"了,连个芝麻官也做不成了。

"品"向上升,"品"向下减,殊途同归,都是官越做越小。何婆为了讨好,倒是很听话,叫向下减就减,自作聪明,结果却大煞风景。郭司法自讨没趣,花钱买恶心。

贼来入柜 张鹫

周^①定州刺史孙彦高,被突厥围城数十重,不敢诣厅,文符须征发者,于小窗接入。锁州宅门,及贼登垒^②,乃入柜中藏,令奴曰:"牢掌钥匙,贼来索,慎勿与。"

《朝野佥载》

【注释】

①周:公元690年武则天代唐称帝,国号周,史称"武周"。
②垒:军营的墙壁或工事。

【赏读】

这位孙彦高应该让孔融的儿子给他上一课。三国时的孔融被抓走时,希望不要连累自己的儿子。但是两个八九岁的儿子却说:"大人,岂见覆巢之下,复有完卵乎?"

这位刺史大人却异想天开地把柜子当"蛋壳",在里面藏起来。城虽然被攻破,柜子却锁着,只要钥匙不给你,你能奈我何?这柜子就是覆巢之下的"完卵"。

王锷①散财货 李 肇

王锷累任大镇②,财货积山。有旧客诫锷以积财能散之义。后数日,客复见锷。锷曰:"前所见教,诚如公言,已大散矣。"客曰:"请问所目③。"锷曰:"诸男各与万贯,女婿各与千贯矣。"

《唐国史补》

【注释】
①王锷(740~815):字昆吾,太原(今属山西)人,行伍出身。官至检校司空,同中书门下平章事(实际的宰相)。
②镇:古代在险要处设置,驻兵戍守。
③目:条目,措施。

【赏读】
人家让他散财,暗示让他为百姓做点善事。他却听话不听音,脑子里根本没有救人济贫这根筋。果然是行伍性格。肥水不流外人田,财产分给家里人,让人啼笑皆非。

史思明①诗 丁用晦②

安禄山败，史思明继逆，至东都③，遇樱桃熟。其子在河北，欲寄遗之，因作诗同去。诗云："樱桃一笼子，半青一半黄。一半与怀王，一半与周至④。"诗成，左右赞美之，皆曰："明公此诗大佳，若能言一半周至，一半怀王，即与黄字声势稍稳⑤。"思明大怒曰："我儿岂可居周至之下。"

《芝田录》

【注释】

①史思明（？~761）：唐宁夷州突厥族人。"安史之乱"中，他是安禄山的亲信。

②丁用晦：唐人。著有《芝田录》。

③东都：洛阳。

④周至：史思明儿子的老师。

⑤声势稍稳：声调稍显稳妥。黄、王押韵。

【赏读】

管他什么合辙押韵，管他什么师徒尊卑，老子显贵，儿子就要压老师一头。真是秀才遇见兵有理说不清，绝妙霸道的武夫口吻。

讲《论语》 高怿[1]

魏博[2]节度使[3]韩简[4],性粗质,每对文士,不晓其说,心常耻之。乃召一孝廉讲《论语》之"为政"篇,翌日语从事曰:近方知古人淳朴,年至三十,方能行立[5]。闻者大笑。

《群居解颐》

【注释】

①高怿:字文悦,宋荆南(今湖北江陵)人。幼孤,养于外祖父家。十三岁能属文,通经史百家之书。闻种放隐于终南山,乃筑室豹林谷,受业于种放。仁宗赐号"安素处士"。有《群居解颐》一书。

②魏博:唐方镇名。治所在魏州(今河北大名东北)。

③节度使:古代官名。总揽一区的军、民、财政。所辖区内各州刺史均为其下属。

④韩简:晚唐军阀。被封为昌黎郡王(或魏郡王)。

⑤年至三十,方能行立:《论语》中有"三十而立"之语。

【赏读】

可谓望文生义、断章取义之典型。只知道"立"是站立,而不知道还有立德、立功、立言的"立",有建树、成就之义。

通过这一细节,韩简的"粗质"跃然纸上。

渡客挽舟 佚名

艾子见有人徒行,自吕梁①托舟人以趋彭门②者,持五十钱遗舟师。师曰:"凡无赍③而独载者,人百金,汝尚少半。汝当自此为我挽牵至彭门,可折半直④也。

《艾子杂说》

【注释】
①吕梁:位于今徐州东南二十里。
②彭门:即彭城,今之江苏徐州。
③赍(jī):以物送人。
④直:同"值"。

【赏读】
你给我拉纤,我给你半价打折,公平合理。结果是:客人没坐他的船,还帮他拉了纤,还倒贴他五十文钱。

执政判案 王谠①

有齿鞋②匠,与乐工居隔壁。齿鞋者母卒未殓,乐工理声不辍。匠者怒,因相诟③成讼。乐工曰:"此某业也。苟不为,衣与食且废。"执政判曰:"此本业,安可丧辍?他日乐工有丧事,亦任尔④齿鞋不辍。"

《唐语林》

【注释】

①王谠(dǎng):字正甫,宋徽宗崇宁、大观年间人,长安(今陕西西安)人。元祐四年(1089)任国子监丞,官至少府监丞。著有《唐语林》八卷。根据唐五代小说杂记分类编纂而成。所纪典章故实、嘉言懿行多与正史相发明,是研究唐史的重要典籍。

②齿鞋:木底鞋,前后有齿。

③诟:辱骂。

④任尔:任凭你。

【赏读】

不管谁家有丧事,隔壁邻居都可以照旧干活,这位大人一视同仁,公平对待。可他却忘了:鞋匠干活悄无声息;乐工干活叮叮当当。执政判案,不管客观条件,一刀切,看似公正,实则不恰当。

杜少陵①可杀 罗大经

宋乾道②间,林谦之为司业③,与正字④彭仲举游天竺⑤小饮。论诗,谈到少陵妙处,仲举微醉,忽大呼曰:"杜少陵可杀!"

有俗子在邻壁,闻之,遍告人曰:"有一怪事,林司业与彭正字在天竺谋杀人。"或问:"所谋杀为谁?"曰:"杜少陵也,不知何处人。"闻者绝倒。

《鹤林玉露》

【注释】

①杜少陵:即杜甫,因自称少陵野老,后人称之杜少陵。
②乾道:南宋孝宗赵昚年号,1165~1173年。
③司业:官名。国子监副长官。
④正字:与校书郎同掌校正书籍。
⑤天竺:杭州景点之一。

【赏读】

爱极而用憎语,骂就是爱,正话反说,冤家、魔障、讨厌、该死的,不胜枚举。"杜少陵可杀!"正是一种感情表达的特殊方式,色彩极为强烈。而邻壁俗人只懂字面的直接义,而不懂其感情义,于是怀疑两位官员大人预谋杀人。文化的差异,闹出杀人的笑话。

嫁老翁 陆 灼①

虞任者,艾子之故人也,有女生二周,艾子为其子求聘。任曰:"贤嗣②年几何?"答曰:"四岁。"任艴然③曰:"公欲配吾女于老翁邪?"艾子不谕其旨,曰:"何哉?"任曰:"贤嗣四岁,吾女二岁,是长一半年纪;曰若吾女二十而嫁,贤嗣年四十;又不幸二十五而嫁,则贤嗣五十矣。非嫁一老翁邪?"艾子知其愚而止。

《艾子后语》

【注释】

①陆灼:明吴(今江苏苏州)人。有《艾子后语》,约成书于明正德年间。

②嗣:子孙,子嗣。

③艴(bó)然:生气。

【赏读】

虞任只会乘法,不会加减法,自己还振振有词,闹出大笑话。如果会减法,人家的儿子比自己的女儿只大两岁;如果会加法,两个孩子每年都增一岁,年龄同步增长。智商太低,艾子懒得去理他,有这样的父亲,也教育不出好女儿,这门亲事就算了。

假 儒 乐天大笑生①

富家村子弟，诈为秀才，状诉追债。官见其粗鄙可疑，乃问曰："汝是秀才，且道'桓公杀公子纠'②一章如何说？"其人不知是书句，只恐是一件人命，便连声大叫曰："小人实不知情。"官命左右挞二十。

既出，谓其仆曰："这县官真无道理，说我'阿公打杀翁小九'，将我打二十。"其仆曰："这是书句，汝便权应略知也罢。"其人曰："我连叫不知情，尚打二十下，若说得知，岂不拿我偿命。"

《解愠篇》

【注释】

①乐天大笑生：明人。有《解愠篇》，初刊于明嘉靖年间。

②桓公杀公子纠：语出《论语·宪问》。桓公，即齐桓公，姜姓，名小白。公子纠是齐桓公的哥哥，他们都是齐襄公的弟弟。齐襄公无道被杀，桓公先入齐为君。兴兵伐鲁，逼迫鲁国杀死了公子纠。

【赏读】

《论语》是当时读书人的必读书，官员说出《论语》中的一句求解，假秀才立刻现了原形。有趣的是他还能根据自己的生活经验，把"桓公杀公子纠"讹转为"阿公打杀翁小九"。

误解《论语》之句，已经是一则笑话。仆人告诉他这是书上的一句话，他依然不明白，还认为自己回答得很聪明，不然要偿命。

俗人评画 郎 瑛[①]

嘉靖初,南京守备太监高隆,人有献名画者,高曰:"好,好,但上方多素绢,再添一个三战吕布最佳。"人传为笑。闻沈石田[②]送苏守《五马行春图》,守怒曰:"我岂无一人跟者耶?"沈知,另写随从者送入,守方喜。沈因戏之曰:"奈绢短,少画前面三对头踏[③]耳。"守曰:"也罢,也罢。"

《七修类稿》

【注释】

①郎瑛(1487~1566):字仁宝。仁和(今浙江杭州)人。明文学家。博览群书。著有《七修类稿》五十一卷,续稿七卷。

②沈石田(1427~1509):名周,字启南,号石田,晚号白石翁。长洲(今江苏苏州)人。明大画家。

③头踏:旧时官吏出行时的前列仪仗。

【赏读】

品位低下,俗不可耐,毫无艺术修养,却不懂装懂,对画作指手画脚。恨不得把所有空白处都用三国故事塞进去。

这位太守处处不忘显摆自己的身份地位。连画里没有给他画随从,也勃然大怒。补上跟班以后,沈石田憋着一肚子火,戏弄他说:因为绢太短,没有给你画上仪仗队。这太守居然听不懂好坏话,还不满意地说:就这样吧,就这样吧。

仆入城 _{赵南星}

　　村居者命其仆曰:"使你入城。"未及说了,其仆飞往城中。行至县门前,县官正追钱粮,里长①十人,一人未到,九人就央此仆顶名查点,县官各责十板。

　　回至村中,主人问曰:"你至城中何干?"其仆学说县官打了十板之事。主人笑曰:"呆子。"仆曰:"难道那九个都是呆子?"

《笑赞》

【注释】

①里长:古时乡里基层小吏。

【赏读】

　　别人欠钱粮,挨打应当;仆人顶缸,挨打冤枉。主人骂他呆子,他还不服气,证明自己不是呆子,拿出了有力证据:"难道那九个都呆子。"不明白人家挨打和自己挨打的原因,这句话就说明他是一个十足的呆子。

和　尚　赵南星

一和尚犯罪，一人解之，夜宿旅店。和尚沽酒劝其人烂醉，乃削其发而逃。其人酒醒，绕屋寻和尚不得，摩其头则无发矣，乃大叫曰："和尚倒在，我却何处去了？"

《笑赞》

【赏读】

这个和尚有水平，不但把差人灌得烂醉，且给他剃了光头，让差人代替自己做人，忽悠得差人不知道自己是谁：我在不在？和尚在不在？如果说和尚不在，为什么这里有一个光头？如果说我还在，这光头又何来？陷入极大的困惑。

代受打 赵南星

有受人雇觅而代之见官受打者,以其所得之钱与行杖皂隶,打之稍轻。既出,则向雇己之人叩头曰:"恩主爷,不亏你的钱,就打杀了。"

《笑赞》

【赏读】

代受打者是个糊涂虫,只知道挨打了,却忘了为什么挨打;只知道雇主给钱了,却忘了为什么给钱;不知道雇主给的钱,已经属于自己了,向皂隶行贿的钱是自掏腰包的。

把挨打和雇主给钱当作了互不相干的两回事。难怪挨打以后,糊里糊涂向雇主叩头谢恩,不知道到底谁该感谢谁。

毡　帽　赵南星①

有暑月戴毡帽而行路者，遇大树下歇凉，即将毡帽当扇曰："今日若无此帽，就热死我。"

《笑赞》

【赏读】

忘了热由毡帽起，只知凉由毡帽生。不戴毡帽哪来热？不热何须毡帽来扇风？有时人就是犯糊涂，因果关系搞不清。

夜半求见 谢肇淛

尉有夜半击令之门者,求见甚急。令曰:"半夜有何事?请俟旦①。"尉曰:"不可。"披衣遽起,取火延尉入,坐未定,问曰:"事何急?岂有盗贼窃发,君欲往捕耶?"曰:"非也。""然则家有仓卒疾病耶?"曰:"非也。""然则何以不待旦?"曰:"某见春夏之交,农事方兴,百姓皆下田,又使养蚕,恐民力不给。"令曰:"然则君有何策?"曰:"某见冬间农隙无事,不若移令此时养蚕,实为两便。"令笑曰:"君策甚善,古人不及,但冬月何处得桑?"尉瞠目久之,拱手长揖曰:"夜已深,伏惟②安置③。"

《五杂组》

【注释】

①俟旦:等到天亮。
②伏惟:旧时常用为下对上有所陈述时的表敬之辞。
③安置:就寝。

【赏读】

县尉求见县令,天明都等不及。按他的职守,县令自然猜想是治安捕盗的事。既然不是,那就是私事。有家人得急病?也不是。原来是想出一个"好主意",农事集中于夏季太忙,可以下令让百姓冬天养蚕。风风火火半夜敲门打扰了县太爷的清梦，县太爷自然不高兴。冷笑说："你的办法真好，古人都不如你。只是大冬天的那里弄桑叶去？"这是全文点睛之笔。

一句话让县尉开窍了。发现了自己的愚蠢，尴尬得一时说不出话来，在那里干瞪眼。人家本来休息得正好呢，非要半夜提个馊主意，来骚扰人家。应该说句道歉的话。却说时候不早了，休息吧。好像县令还没有睡觉。

本来想表现一下自己的勤政爱民，没想到却暴露了自己的愚蠢。

呆举人 浮白主人

越中一士中举,即于省中娶妾。同年①友问曰:"新人安在?"答曰:"寄于湖上萧寺②。"同年云:"僧俗恐不便。"答曰:"已扃③之矣。"同年云:"其如水火何?"答曰:"锁钥乃付彼处。"

【注释】

①同年:科举制度同榜的人。

②萧寺:佛寺。

③扃(jiōng):关闭。

【赏读】

两件事单独看,越中士人做法对。妾独居寺院,僧俗不便,怕出有伤风化的事情,所以把门锁上。又怕有水火之灾,妾跑不出来,于是把钥匙又交给了和尚。

两件事放在一起看,就出了问题。第二个措施废了第一个措施,让第一个措施起不到防范的目的。这个悖论的怪圈,把士人搞迷糊了。转来转去,结果妾的闺房还是不设防的。

不知骰子 浮白主人

李西涯①尝与陈师召②掷骰，得幺，指曰："吾度其下是六。"反看，果六，色色皆然。师召大惊，语人曰："西涯天才也！"或曰："上幺下六，骰子定数，何足为异。"

师召笑曰："然则我亦可为。"因诣西涯。西涯已度其必至，别置六骰，错乱其数矣。师召屡揣之，不中，乃叹曰："公真不可及也，岂欺我哉！"

《雅谑》

【注释】

①李西涯（1447~1516）：名东阳，字宾之，号西涯。祖籍茶陵（今属湖南），后移居北京。明诗人。官至吏部尚书。著有《怀麓堂集》《怀麓堂诗话》。

②陈师召：名音，字师召，明莆田（今属福建）人。曾任翰林院编修、翰林院侍讲、太常寺卿。

【赏读】

陈师召在有人拆穿了李西涯的把戏之后，也照猫画虎，结果反而不灵。没想到李西涯智高一筹，早作准备，"别置六骰，错乱其数"，陈师召悟不透，更相信李西涯是天才，对他佩服得五体投地。书呆子太实诚，只知其一，不知其二。

狗病目 张夷令[1]

公病目,将就医。适犬卧阶阴[2],公跨之,误蹑其项。狗遽啮公,裳裂。公举示医,医故熟公,调之曰:"此当是狗病目耳。不尔,何止败君裳?"公退思,吠主小事,暮夜无以司儆[3],乃调药先饮狗,而以余沥自服。

《迁仙别记》

【注释】

①张夷令:明吴(今江苏苏州)人。有《迁仙别记》。关于迁公的故事,最早见于明代署名浮白斋主人的《雅谑》中,后张夷令辑录之,并有增益,名为《迁仙别记》。书已散佚,存于冯梦龙《古今谭概》。

②阶阴:阶下。

③司儆:负责警戒、防备。

【赏读】

玩笑话当了真,该吃药的不吃药,迁公眼疾治不好;没病的被灌药,狗儿无端活受罪。看到这个故事,联想到侯宝林说过的一段相声。一人臀部生疮,借着镜子贴膏药。几天之后不见好,用手一摸没有膏药,原来膏药贴在了镜子上。

刳①马肝 张夷令

有客语马肝大毒，能杀人，故汉武帝云："文成③食马肝而死。"迁公适闻之，发笑曰："客诳语耳。肝固在马腹中，马何以不死？"客戏曰："马无百年之寿，以有肝故也。"公大悟，家有蓄马，便刳其肝，马立毙。公掷刀叹曰："信哉，毒也！去之尚不可活，况留肝乎？"

《迁仙别记》

【注释】

①刳（kū）：剖开。

②文成：名少翁，术士，得汉武帝宠信。后因法术不灵被杀。武帝隐瞒其事，说"文成食马肝而死"。

【赏读】

尽信别人言，自己没主见。自己亲手杀死了马，却相信马是被肝毒死。

这种事看似可笑不稀罕，世间多少糊涂人，何止杀马取肝一迁公。有了病不去看，求神拜佛瞎折腾，耽误了病，死了人，还说自己敬神心不诚。

砚　眼　冯梦龙

吴郡①陆公庐峰候选京师，尝于市遇以佳砚，议价未定。既还邸，使门人某者往，以一金易归。讶其不类，某坚证其是。公曰："前砚有鸲鹆②眼，今何无之？"答曰："某嫌其微凸，偶值石工甚便，幸有余银，已倩③为平之矣。"公大惋惜。

《古今谭概》

【注释】

①吴郡：治所在今江苏苏州。

②鸲鹆（qú yù）：即八哥。

③倩（qiàn）：请人代替自己做。

【赏读】

砚台的贵重就在于有鸲鹆眼，鸲鹆眼被磨平之后就成了一般的砚台。门人的审美，就是越平滑越好。所以才会自作主张，花钱让人把鸲鹆眼磨去。"某嫌其微凸，偶值石工甚便，幸有余银，已倩为平之矣。"说话的口气似乎还有几分得意，真是愚蠢得可爱。

这种可笑的事过去时有发生。甲骨文片进了中药铺，圆明园的石雕砌了猪圈，宣传农民起义军在孔府养马是英雄行为，拆光了北京旧城墙而后又到处新建"古建筑"。文物是"历史"，历史是不能复制的。就像磨去鸲鹆眼的砚台一样再也不能复原，只能留下遗憾。

及 第 游戏主人

一举子往京赴试,仆挑行李随后。行到旷野,忽狂风大作,将担上头巾吹下。仆大叫曰:"落地了。"主人心下不悦,嘱曰:"今后莫说落地,只说及第。"仆领之。将行李拴好,曰:"如今凭你走上天去,再也不会及第了。"

《笑林广记》

【赏读】

仆人说话不吉利,犯忌。举子虽然不高兴,但并未责备呵斥,叮嘱仆人,口气和缓,显示了举子的文雅修养。仆人遇事大喊大叫,说话不当,主人提出后,一声不吭,默默点头。收拾行李自言自语:"如今凭你走上天去,再也不会及第了。"再次犯忌。老实巴交、憨态可掬的形象非常鲜明。

正说反说都不祥,看来举子要落第,难于及第了。

不吃亏 _{游戏主人}

某甲性迂拙，一日出外省戚，适门外有一车，与他讲价，因嫌价贵，宁愿步行，拟在中途雇车，价必稍廉。不料走了半天，车少人稀，行将半路时，方见一车，索价反昂，某甲喃喃自语道："还是归去雇车，较为便宜。"言罢，反奔回家，雇车复往。

《笑林广记》

【赏读】

只知道省钱，却忘了半路折返用的时间和精力都可以走到亲戚家了。

小处聪明，大处糊涂，结果是，走完了全程却没到亲戚家，等于白走。另外，雇车还白花了钱，多余。

伯虎①对 　顾公燮②

唐伯虎代市人写对："生意如春意，财源似水源。"其人未惬。谓必显而易见者。唐再书云："门前生意，好似夏月蚊虫，队进队出；柜里铜钱，要像冬天虱子，越捉越多。"乃大喜去。

《丹午杂记》

【注释】

①伯虎：即唐伯虎（1470～1523），名寅，字子畏、伯虎，号六如居士、桃花庵主。明吴县（今江苏苏州）人。画家，文学家。性放达不羁，才华横溢。作画最擅长山水，兼及仕女人物。善书法，能诗文。有《六如居士全集》。

②顾公燮：字丹午，号淡湖，又号担瓠。清吴郡（今江苏苏州）人。乾隆年间诸生。性放旷，无心科举。喜搜集稗史野闻，以著书自娱。有《消夏闲记》《丹午杂记》等。

【赏读】

唐伯虎看错了对象，对"土豪"要不得高雅。在"土豪"眼里财富不能太抽象。生意要像夏天的蚊虫，成群结队；铜钱要像冬天的虱子，一抓一把。看得见，摸得着，这才踏实，这才过瘾。

这对联贴出去，肯定招来大批人驻足围观，可能招致不少讥笑讽刺，然而也赚够了眼球。

告 荒 顾公燮

  有告荒①者，官问麦收若干，曰："三分。"又问棉花若干，曰："二分。"又问稻收若干，曰："二分。"官怒曰："有七分年岁，尚捏称荒耶？"对曰："某活一百几十岁矣，实未见如此奇荒。"官问之，曰："某年七十余，长子四十余，次子三十余，合而算之，有一百几十岁。"哄堂大笑。

《丹午杂记》

【注释】

  ①告荒：报告荒年情况。

【赏读】

  这位不会算账的糊涂官，他只知道麦子、棉花、稻子加在一起是七成，却不知道分母是三十。让人看了哭笑不得。

  对付这样的糊涂虫，只能以其人之道还治其人之身。告荒者没有改变话题，接着说灾荒之重。重到什么程度呢？重到我活一百几十岁了，还没见过这么严重的灾荒。人活七十古来稀，怎么会这么大岁数？引起了昏官的好奇，想细听究竟，这样就让昏官入我彀中。然后才把他和两个儿子年龄相加的事说了。三人年岁相加算作一个人的年龄，异常荒谬。那么麦子、棉花、稻米三种作物加起来有七成收成的荒诞，也就不言而喻了。

干净刀　石成金

　　一人犯罪当斩,临绑时解开衣服,自己用手连拍胸前,人问何意,此人说:"恐怕伤了风,不是顽的。"

　　绑行半路,忽闻鸦鸣,此人叩齿三通,诵"元亨利贞"①七遍,人问何意,此人说:"鸦鸣主有口舌,诵此免得与人相角②。"

　　绑至杀场,临开刀时,向刽子说:"求你用粗纸将刀口擦干净了;我听见剃头的刀,若不干净,剃了头,就要生疮,今刀若不干净,倘如害起疮来,几时得好?"

《笑得好》

【注释】

　　①元亨利贞:《周易》"乾"卦卦辞。历来解释不一。但表达的都是吉利之义。

　　②角:较量,争竞。

【赏读】

　　让人想起了阿Q,临刑前在判决书上签字画押,他担心画不圆而被人笑话,所以非常用心。

　　看看文中的死囚,不就是阿Q的祖师吗?临杀头了,还惦着不得感冒,不生疮,不跟人吵架,不与人争斗。打算如此长远,似乎还能长寿百年。既然活得那样爱惜讲究,为什么还犯了杀头之罪?只注重了细节,却忘了大节。活着懵懵懂懂,死了糊里糊涂。

制古砖 葵愚道人①

毕秋帆②抚陕，值六旬，属吏送礼，概不受。一县令送古砖二十块，有年号题识，皆秦汉物也。

毕大喜，唤家丁谕云："我寿礼概不收，尔主人之物，甚合我意，故留之。"家丁跪禀云："主人因大人庆寿，集工匠在署制造，主人亲自监工，挑最上者献辕下。"毕公一笑而罢。

《寄蜗残赘》

【注释】

①葵愚道人（？~1807或1806）：一说名汪堃。出身官宦家庭，曾在四川做官。太平天国时期，避乱苏州光福山中，著《寄蜗残赘》十六卷，模拟纪晓岚《阅微草堂笔记》，所记多为传闻。

②毕秋帆：即毕沅。

【赏读】

毕秋帆庆寿诞，不收寿礼好清廉，只想收下古砖显风雅，遗憾的是县令家丁憨厚无知说实话。可笑的是，家丁自己泄密浑不知，还在那里夸赞主人如何尽心尽力认真造古砖。弄得毕秋帆上当受骗收赝品，败坏了名声丢了脸，也只好"一笑而罢"。

卷六 虚荣奉承

齐景公①游牛山　韩　婴

　　齐景公游于牛山之上,而北望齐,曰:"美哉国乎!郁郁蓁蓁。使古无死者,则寡人将去此而何之?"俯而泣沾襟。国子、高子曰:"然臣赖君之赐,疏食恶肉可得而食也,驽马柴车可得而乘也,且犹不欲死,况君乎!"俯泣。

　　晏子曰:"乐哉!今日婴之游也,见怯君一,而谀臣二。使古而无死者,则太公至今犹存,吾君方今将被蓑笠(一作"笠")而立乎畎亩②之中,惟事之恤③,何暇念死乎!"

　　景公惭,而举觞自罚,因罚二臣。

《韩诗外传》

【注释】

①齐景公(?~前490):姜姓,名杵臼。春秋时齐国国君。较为暴虐。

②畎(quǎn)亩:田间,田地。

③恤:忧虑,顾虑。

【赏读】

　　做了君主荣华富贵享不尽,所以齐景公就像秦始皇、汉武帝一样希望长生不老。于是感叹,如果古人不死多好啊,可惜他们都死了,我也不得不像他们一样死去。我死了离开这里会到哪里去?两个拍马屁的连忙帮衬。

　　晏子实在听不下去，给以当头棒喝：讽刺他们一个是胆小怕死的君主，两个是马屁精。更重要的是，晏子指出生生死死是自然规律，没什么可怕的。说如果齐国的始祖姜太公至今还在位，你齐景公就做不了国君，说不定还是一个农夫，为生计而劳作发愁呢！哪有闲暇考虑什么死不死这些事？几句话指点迷津，言外之意不要图虚荣，听奉承，妄想长寿。

皇帝生子臣无功 刘义庆

元帝①皇子生,普赐群臣。殷洪乔谢曰:"皇子诞育,普天同庆。臣无勋焉,而猥颁厚赉②。"中宗③笑曰:"此事岂可使卿有勋邪?"

《世说新语》

【注释】

①元帝:晋元帝(276~322),即司马睿。
②猥颁厚赉:猥,谦辞,辱。赉,赏赐。意谓:愧于得到丰厚的赏赐。
③中宗:晋元帝庙号。

【赏读】

一味态度谦卑,奉承皇帝,结果成了习惯,套话张口就来。不动脑子,这次居然照例谦虚起来,说皇帝生儿子自己没功劳,反而无功受禄,惭愧惭愧。

别的事都能立功受奖,唯独这件事有功要杀头。大概中宗正在喜得贵子的兴头上,没生气,一句玩笑话"此事岂可使卿有勋邪",含蓄幽默,耐人寻味。既点出了殷洪乔言语的不当,化解了他失言的尴尬,也反映了中宗宽阔的胸怀。

魏市人 侯 白①

后魏孝文帝②时,诸王及贵臣多服石药③,皆称"石发"。乃有热者、非富贵者,亦云"服石发热"。时人多嫌其诈作富贵体。

有一人于市门前卧,宛转称热。因众人竞看,同伴怪之,报曰:"我石发。"同伴人曰:"君何时服石,今得石发?"曰:"我昨在市得米,米中有石,食之,乃今发。"众人大笑。自后少有人称患石发者。

《启颜录》

【注释】

①侯白:字君素,隋魏郡临漳(今属河北)人。著有《启颜录》十卷。该书采集历代旧文,并记述自己的滑稽言行。原书已散佚,今存百余则。

②后魏孝文帝(467~499):即拓跋宏,后改为元宏。北魏皇帝。

③石药:晋、南北朝时期,有人研究以朱砂等矿物质用炉火烧炼丹药,供富贵人服用,谓之石药。

【赏读】

此石药之石非砂石之石也,诈作富贵者不知,说是吃了砂石就"石发",浑身发热。结果贻笑大方。

冤家路窄　丁用晦

卢君出牧①衢州，有一士投贽②。公阅其文，十篇，皆公所制也。密语曰："非秀才之文。"对曰："某苦心忧课，非假手③也。"公曰："此某所为文，兼能暗诵否？"客词穷，吐实曰："得此文，无名姓，不知是员外④撰述。"惶惶欲去。公曰："此虽某所制，亦不示人，秀才但有之。"

比⑤去，问其所之。曰："汴州梁尚书⑥也，是某亲丈人，须住旬日。"公曰："大梁尚书乃亲表，与君若是内亲，即与君合是至亲。此说，想又妄耳。"其人战灼⑦，若无所容。公曰："不必如此。前时恶文及大梁亲表，一时奉献！"

《芝田录》

【注释】

①牧：州官。
②投贽：贽，古代初见尊长者的礼物。此处是投文自荐。
③假手：借别人之手达到自己的目的。
④员外：对有权势者的通称。
⑤比：等到。
⑥尚书：唐时中央首要机关分三省，尚书省为其中之一，其首脑为尚书。
⑦战灼：恐惧焦急。

【赏读】

真是不巧不成书,这位窃文盗誉的倒霉蛋自投罗网,栽到了被窃者的手里。为了给他留点面子,人家私下里给他点出来文章不是他的,可是他还嘴硬。卢君只好告诉他这些文章就是我写的,他这才不得不承认是剽窃。

行骗失败,就老实点吧。不,要离开时,问他去哪里,这家伙行骗成性,谎话张口就来,称梁尚书是他岳丈,要到那里住半个月。没想到梁尚书正是卢君的表亲,倒霉蛋又撞到枪口上了。结果又被揭穿。

如果卢君怒斥痛骂他一顿,反倒让他好受点。卢君却显得非常"大度",不但把文章"奉送",连梁亲表,都一并"奉献"。猫戏耗子不吃你,左右拨拉玩弄你,真搞得这位士人无地自容了。

皇帝邻居 范　镇①

太祖②一日御后殿虑囚③，内有一囚告："念臣是官家邻人。"太祖以为燕蓟邻人，遣问之。乃云："臣住东华门外。"太祖笑而宥④之。

《东斋记事》

【注释】

①范镇（1007~1088）：字景仁，成都华阳（今四川成都）人。北宋大臣。曾任翰林学士，封蜀郡公。著有《东斋记事》十二卷（一说十卷），旧本不存，后人有辑本。

②太祖（927~976）：即宋太祖赵匡胤。涿州（今河北涿州市）人。宋王朝的建立者。

③虑囚：虑，同"录"。向囚犯讯察决狱的情况（有无冤情）。

④宥（yòu）：宽恕，原谅。

【赏读】

这个囚犯没权没钱没后门，只好胡乱跟皇上套近乎，生拉硬扯说是"邻居"。赵匡胤还以为是燕蓟涿州老家邻居乡亲呢。可是囚犯说的也不错，家跟皇宫紧挨着，还不是邻居？囚犯无意的幽默，把皇帝都逗笑了，皇帝一高兴免其罪。

如此，恐怕以后"邻居"就会多起来，推而广之姓赵的人、涿州籍贯的人也会大增。

边　功　钱世昭[①]

隆兴[②]初，贺子忱[③]知枢密院[④]。有武臣陈理功尝称："从军三十余年累立战功：宣和[⑤]年第一次燕山府[⑥]立功，靖康[⑦]年第二次白沟河[⑧]立功，第三次黄河立功，第四次京城[⑨]立功，建炎[⑩]年第五次海州[⑪]立功，第六次扬州立功，绍兴[⑫]年第七次瓜州[⑬]立功，第八次和州[⑭]立功，第九次太平州[⑮]立功。"辞气不平，谓朝廷推赏一次轻于一次。

贺正色云："只为边功一次近于一次。"武臣无词，闻者称服。

《钱氏私志》

【注释】

①钱世昭：南宋临安（今浙江杭州）人。有《钱氏私志》一书传世。

②隆兴：南宋孝宗赵昚（shèn）年号。

③贺子忱：与诗人曾几、曹勋同时，多有诗歌唱和。

④枢密院：官署名，宋时主要管理军事机密、边防等，与中书省并称"二府"，同是国务最高机关。

⑤宣和：北宋徽宗赵佶（jí）年号。

⑥燕山府：宋时即今之北京。

⑦靖康：北宋钦宗赵桓年号。

⑧白沟河：即今河北高碑店市新城镇东的白沟河。

⑨京城：北宋京城开封。

⑩建炎：南宋高宗赵构年号。

⑪海州：宋时州名。相当于今江苏连云港市辖区。

⑫绍兴：南宋高宗赵构年号。

⑬瓜州：在今江苏扬州市，与镇江隔江相对。自唐开元以来，成南北咽喉之地。

⑭和州：古州名。辖境相当于今安徽和县、含山等地。

⑮太平州：古州名。宋时治所在今安徽当涂县。

【赏读】

　　武将陈理功从军三十年，立战功九次，奖赏却越来越少，很不服气地"显摆"自己的战功。

　　文臣贺子忱却严肃地说："你们保卫边疆之功"，就是让边疆越来越靠近京城？也就是说自燕山脚下一直败退到长江岸边。先丢了京城开封，又让边疆接近新京杭州。"边功一次近于一次。"节节败退还有战功吗？还好意思要求奖赏吗？

　　陈理功着眼于过程，发牢骚，洋洋洒洒一大篇，战功赫赫奖赏却少。贺子忱着眼于结果，战一次，前线离京城近一次。一语点破，四两拨千斤，让九次"立功"不值一文。

屠豕贵侯 王辟之[1]

胡旦[2]文辞敏丽,见推[3]一时。晚年病目,闭门闲居。一日,史官共议作一贵侯传,其人少贱,尝屠豕猪。史官以为,讳之即非实录,书之即难为辞,相与见旦,旦曰:"何不曰'某少尝操刀以割',示有宰天下之志。"莫不叹服。

《渑水燕谈录》

【注释】

①王辟之(1031~?):字圣涂。临淄(今属山东)人。曾任河东县(今山西永济)知县。后退居渑水,日与贤士大夫游。燕谈间,有可取者记之,成《渑水燕谈录》十卷。

②胡旦:字周父。宋渤海(今山东阳信、滨州一带)人。博学能文辞。丧明后,犹令人读经史以听。

③见推:被推崇。

【赏读】

古人要为尊者讳,在当时人眼中,屠户是贱业,身为贵侯,都有立传的份儿了,年少时杀过猪,怎么能写进书呢?但作为"史",又要"信"。所以史官为难了。还是胡旦老辣,"某少尝操刀以割",一句话解决了。"割"什么,不要说清楚,含杀猪之意,无杀猪之辞,模糊语言有模糊效果。本是杀猪的,却成了从小就有挥刀主宰天下的雄心和气概。

崔光①谄媚 庞元英②

后魏高祖③名子曰"恂、愉、悦、怿",崔光名子曰"励、勖、勉"。高祖谓光曰:"我儿名旁皆有心,卿儿名旁皆有力。"答曰:"君子劳心,小人劳力④。"上大悦。

《谈薮》

【注释】

①崔光:字长仁,本名孝伯,后魏孝文帝赐名光。鄃(shū)(今山东夏津附近)人。曾拜中书博士,甚为孝文帝器重。孝明帝为太子时,以崔光为师傅。

②庞元英:字懋贤。北宋武城(今湖北黄陂东南)人。曾任朝散大夫、主客郎中。著有《谈薮》一卷,多载南宋事,或为明人所作。

③高祖:指孝文帝拓跋宏。

④君子劳心,小人劳力:出自《左传·襄公九年》。

【赏读】

事事时时不忘拍马屁,而且还能引经据典,引语贴切,拍得不露痕迹,恰到好处,拍得有水平。不能不佩服他反应机敏,难得,难得!既然自轻自贱能让"上大悦",目的也就达到了。

道学①赶路 耿定向②

曾有人士,歆③道学之声而慕学之者,日行道上,宾宾张拱④,跬步⑤不逾绳矩。久之觉惫,呼从者:"顾后有行人否?"后者曰:"无。"乃弛恭率意以趋⑥。

其一人足恭⑦缓步如之。偶骤雨至,疾趋里许。忽自悔。曰:"吾失足容⑧矣。过不惮改,可也。"乃冒雨还始趋处,纡徐更步过⑨焉。

《权子》

【注释】

①道学:形容过分的拘执和迂腐的习气。

②耿定向(约1524~1597):字在伦,号楚侗、天台。黄安(今湖北红安)人。明理学家。嘉靖进士,官至户部尚书,谥恭简。学宗王守仁。著有《硕辅宝鉴》《耿子庸言》《耿天台文集》《权子》等。

③歆:羡慕。

④宾宾张拱:张臂拱手,待人以宾客之礼。

⑤跬(kuǐ)步:半步。

⑥弛恭率意以趋:放下架子,随意快走。

⑦足恭:走路小心谨慎。

⑧失足容:不合于走路的标准姿态。

⑨更步过：再走一遍。

【赏读】
　　人前走路端架子，没人看见自由行，就是为了硬撑面子。人前人后两张皮，这样活着累不累？
　　雨中快走太失态，回到原地重新来，别人看来是神经，他却宁愿再遭罪。道学风度不能改，封建礼教害死人。故事夸张很可笑，其实透出真实性：礼教扼杀人个性，使人迂腐而虚伪。

粤令性悦谀 刘元卿①

粤令性悦谀，每布一政群下交口赞誉，令乃欢。

一隶欲阿②其意，故从旁与人偶语曰："凡居民上者，类喜人谀，惟阿主不然，视人誉蔑如③耳。"

其令耳④之，亟召吏前，抚膺高蹈⑤，加赏不已，曰："嘻，知余心者惟汝，良隶哉！"自是昵之有加。

《贤弈编》

【注释】

①刘元卿（1544～1609）：字调父，号旋宇，一号泸潇。江西安福人。明隆庆举人，会试对策时，尖锐批评时弊，主考不敢录取。后以累荐，召为国子博士，擢礼部主事。不久因病归里。著有《山居草》《还山续草》《诸儒学案》《贤弈编》《思问编》《刘聘君全集》等。

②阿：曲从，迎合。

③蔑如：没什么了不起，轻视之意。

④耳：作动词用，听到。

⑤抚膺高蹈：拍胸顿足，表示高兴。

【赏读】

拍马屁也有高下之分。当众或当面肉麻，被拍者碍于脸面，即使心里高兴，也不便受之泰然，还可能怀疑你口是心非。有时为了显示自己一身正气，说不定还会当场让奉迎者难堪。

　　故事中的这位兵丁可谓拍马有术。故意背着主子神秘兮兮地夸赞主子，还要让主子听见。因为是"背后"说的好话，所以就没有讨好邀宠之嫌，让主子相信他句句发自肺腑。

　　曲线拍马术，果真奏效。主子对之亲昵有加。

两人同"病" 刘元卿

张诩子缮^①一榻丽,以^②在卧内,人未由见也,故托疾卧榻上,致姻友省问观之。其姻尤扬子者新制一袜,亦欲章示,其人故搴^③裳交足加膝而坐。已问曰:"君何疾?"张诩子睹尤扬子状若是^④,相视而笑曰:"吾病亦若^⑤病也。"

《贤弈编》

【注释】

①缮:制造。
②以:由于,因为。
③搴:撩起,揭起。
④状若是:也是这个样子(也想显摆)。
⑤若:你。

【赏读】

张诩子新做的一张床,放在卧室,外人看不到,于是就装病,引人来探望,显摆一下华丽的床榻。亲家尤扬子来探病,他发现亲家故意撩起衣裳架着二郎腿,正展示一双新袜子。原来两人都有这个臭毛病。亲家问他什么病,于是他就幽默了一把:我的病就是你的病。彼此明白,半斤八两。话里倒是透着两亲家无拘无束的亲密和谐。

贫 士 赵南星

一贫士冬月穿夹衣,有谓之者曰:"如此严寒,如何穿夹衣?"贫士曰:"单衣更冷。"

赞曰:夹衣胜单衣,单衣胜无衣,作如是观,即能乐道安贫。

有一人耻说家贫,单衣访友,其友问他:"如此寒天如何单衣?"其人答曰:"我原来有个热病。"

其友知他是诈,留至天晚,送他在凉亭内宿歇,冻急了,随即逃走。

又一日相遇,问他前日留宿,如何不肯次日再会,其人说:"我怕日出天热,趁着早凉就行了。"

《笑赞》

【赏读】

第一位贫士让人同情可怜。问他为什么穿夹衣,意思是为什么不穿棉衣。贫士的回答:因为穿单衣更冷。对他来说,只有夹衣和单衣,棉衣是奢望。

第二位贫士是死要面子活受罪。朋友恶作剧,结果他半夜落荒而逃。后来再相见,朋友想揭穿他,为什么天不亮就不告而别?他倒很机智地回答了。为了面子死撑到底,就不承认自己没棉衣。

贫穷是事实,就要敢于面对,泰然处之,才会得到别人尊重。看来还是做那位敢于承认自己没有棉衣的贫士更加稳妥。

冯希乐 赵南星

大历年间荆州冯希乐善佞①,尝谒长林②县令,留酌,语令曰:"仁风所感,虎狼出境。"正说中间,人报昨夜大虫食人。令问之,曰:"此必暂时经过。"

《笑赞》

【注释】
① 佞:花言巧语谄媚人。
② 长林:今湖北荆门。

【赏读】
受到县太爷仁爱之心的感召,连虎狼都不敢在本地杀生了。如此夸张地拍马屁,恐怕县太爷也会觉得肉麻。遗憾的是虎狼不配合,居然当场作证,照常吃人不误。

事情到此地步,冯希乐还有什么话可说!没想到他还能绝处逢生:"此必暂时经过。"过路虎狼,因尚未接受县太爷"仁风"感化,故而过境肆虐。继续奉迎县太爷,也给自己解了围。"冯希乐善佞"果然言之不虚。

势 利 冯梦龙

徽州某上舍①不读书,而好势交。一日里人有读陶公《归去来辞》②者,至"临清流而赋诗",遽问曰:"是何处临清刘副使?幸携带往贺之。"里人曰:"此《归去来辞》语。"乃曰:"只疑见任上京,若归去者,吾不往矣。"

《古今谭概》

【注释】

①上舍:即上舍生,宋代太学生之一。明将太学分成上舍、内舍、外舍。初入学为外舍,人数不限;外舍升内舍,二百人;内舍升上舍一百人。

②陶公《归去来辞》:陶公,指东晋大诗人陶渊明。有《归去来兮辞》。陶渊明不愿谄媚上司,辞去彭泽令而归乡里,作此辞。

【赏读】

整天想着攀龙附凤,结交权贵,听到什么都跟走门子有关系,"临清流而赋诗"成了"临清刘副使","归去"成了官退休。这位上舍生"好势交"到了何等程度!

拍马为的是要骑马,马瘦不堪骑,他就不拍你。在位时,门庭若市;退下来,门前冷落车马稀。何以如此?在这个故事里找到了答案。

朱元璋测字 吕 毖①

太祖②自和州③渡江取太平路④,遇一术士,问曰:"天下扰扰纷纷,属之谁与?"士曰:"愿书字占之。"上即掣刀画一字于地。士俯伏拜曰:土上一画,臣独知为王也。

《明朝小史》

【注释】

①吕毖(bì):字贞九。明末嘉定(今属上海)人。弱冠能文,为娄县(今江苏昆山东北)诸生。明亡后为道士,隐居灵岩山。著有《事物初略》《明宫史》《明朝小史》等。

②太祖:即明太祖朱元璋。

③和州:治所在历阳(今安徽和县)。

④太平路:宋时为州,元时改为路,治所在今安徽当涂。

【赏读】

要测字的人,都想讨个吉利。测字的奉承几句,是心理安慰,也会给人以自信和力量。

测字的收了人家的钱,自然要让人逢凶化吉,消灾避祸。

朱元璋当时正在争夺天下,鹿死谁手,还是未定之数,他也想预知一下未来。术士让他写个字,朱元璋大概也懒得写字,就掣出刀来,在地上随便划了一下。

测字的都有随机应变的鬼聪明，既然对方问天下将来属谁，测字的一看，这带兵的爷来头不小。立刻利用"一"写在土地上，做起文章："土"上加"一"，"王"字，您要成王！顺理成章地拍了马屁。

画工巧奉迎 吕 焱

帝①召画工周玄素,令画天下江山图于殿壁。对曰:"臣未尝遍迹九州,未敢奉诏,惟陛下草建规模,臣然后润之。"帝即掺②笔倏成,令玄素加润。玄素进曰:"陛下山河已定,岂可动摇?"帝笑而唯之。

《明朝小史》

【注释】

①帝:指明开国皇帝朱元璋。
②掺(shǎn):握,持。

【赏读】

在皇帝面前画江山图,出力不讨好,说不定还有风险。周玄素不敢接这个差事。但是君命难违,怎么办?于是折中一下,要求皇帝先画个草稿,自己再加工。既显得对皇上尊崇,又不违圣意。

他接着拿出第二招:"陛下山河已定,岂可动摇?"这话有两重含义。其一,皇帝草拟的东西是不能改动的,所以我不能润色;其二,皇帝手下的江山,万年基业已定,不可动摇,我怎么能随便动呢。语意双关,奉承得很有艺术水准,而且狡猾地从画江山图这件事里脱了身。

秦桧献子鱼 潘永因

秦桧之夫人尝入禁中,显仁太后①言近日子鱼②大者绝少,夫人对曰:"妾家有之,当以百尾进。"

归告桧,桧咎其失言。与其馆客谋。进青鱼百尾。显仁抚掌笑曰:"我道这婆子村③,果然。盖青鱼似子鱼而非,特差大耳。

《宋稗类钞》

【注释】

①显仁太后:宋钦宗的韦贵妃,宋高宗赵构的生母,高宗封为显仁太后。

②子鱼:一种鱼的名字。

③村:粗俗,土气。

【赏读】

秦桧老婆缺心眼,皇家面前摆阔气。宫里没有大子鱼,秦桧家里多的是,一下子就能进贡百尾。

秦桧奸猾害怕了,急找馆客寻对策。老婆已经失言露了馅,且答应送百尾子鱼进宫。如果真的送去,后果不堪设想:臣子的享用怎么能压过皇家?这是僭越。

秦桧到底有心计,故意拿青鱼当子鱼,献给太后。让自己和老婆装村装傻,分不清什么是青鱼和子鱼,说明自家生活非常清苦。就这样安然度过了一次危机。

酉　斋　褚人获

杨南峰①为人聪刻②。邻居有一铁匠,得财暴富,里中为之庆号③,因请于杨,杨题云"酉斋"。人咸不解,或问何出,答曰:"横看是个风箱,竖看是个铁墩。"闻者绝倒。

《坚瓠集》

【注释】

①杨南峰（1456~1544）：名循吉,字君卿,号南峰、雁村居士等。明吴县（今江苏苏州）人。成化二十年（1484）进士,授礼部主事,明武宗南巡至南京,召赋《打虎曲》称旨,以俳优待之,杨南峰以为耻,辞归。

②聪刻：聪明刻薄。

③号：名称,称号。

【赏读】

旧时看重门第出身,对铁匠出身的暴发户瞧不起。既然受人之请,表面上总要冠冕堂皇,让主人满意,但又不忘揭人家的老底,表达自己的鄙视,起个堂号很不容易。杨南峰动了鬼心思。

清诗人吴梅村也有类似的故事：太仓东门有位姓王的巨富,以皮匠工起家。建一楼,求吴祭酒梅村榜额。梅村题曰"阑玻楼"。人咸不喻其意,以为必有出典,有人问是什么意思。他回答说："此无他意,不过道其实,东门王皮匠耳。"

剩个穷花子与我 石成金

张李二人同行,见一抬轿富翁,许多奴仆,张遂拉李向人家门后躲避曰:"此轿中坐的,是我至亲,我若不避,他就要下轿行礼,彼此劳动费事。"李曰:"这是该的。"

避过,复同前行,少顷,见一骑马显者,衣冠齐整,从役多人,张又拉李向人家门后回避曰:"这马上骑的,是我自幼极厚的好友,我若不避,他看我,就要下马行礼,彼此劳动费事。"李曰:"这也是应该的。"

避过,复同前行,偶然见乞丐花子,破衣破帽地叫化走来,李乃拉张向人家门后躲避曰:"此穷花子是我至亲,又是我好友,我要回避他,不然,他看见我不面愧?"

张骇然问曰:"你怎么有这样亲友?"李曰:"但是富贵好些的,都是你拣了去,只好剩个穷花子与我混混。"

《笑得好》

【赏读】

中国人特别注重面子。如阿 Q 者,在赵太爷的儿子进了秀才的时候,手舞足蹈地说他也很光荣,因为他和赵太爷原来是本家。

幸亏这篇小品里的李姓头脑比较清醒,及时揭穿了张姓的狐假虎威。不然的话,张姓再忽悠几句,冒充是大臣子弟,可以帮李姓运作升官,李姓信以为真,交了活动经费以后,张姓就立刻人间蒸发,杳如黄鹤。

王婆寿材 石成金

有一王婆,家富而矜夸,欲题寿材,厚赠道士,须多着好字,为里党光①。道士思想,并无可称,乃题曰:翰林院侍讲大学士②国子监祭酒③隔壁王婆婆之柩。"

《笑得好》

【注释】

①为里党光:为乡亲争面子,添光彩。

②翰林院侍讲大学士:翰林院,官署名。明清掌编修国史,记载皇帝的言行、起居,讲经史,草拟典礼文件。其长官由大臣充当。

③国子监祭酒:国子监,亦称"国子学"。封建王朝的国家最高教育机构,主管官为祭酒。

【赏读】

王婆有钱没名气,死后也要争面子。王婆实在没什么光耀门第的事。幸好有位好邻居,只好沾点光。寿材题词虎头蛇尾。显赫头衔真唬人,原来跟王婆不沾边,却满足了王婆的虚荣心。喜剧效果就在这里。

不吃素 石成金

有僧同至人家席上,主人以其出家,乃问曰:"师父可用酒否?"僧笑曰:"酒倒也用些,只不吃素。"

《笑得好》

【赏读】

僧人的回答按照正常逻辑,应当是:"酒倒也用些,只不吃荤。"酒可以喝那么一点,已经是破戒了,肉是绝对不沾的。僧人不吃荤是戒条。这位僧人却戒素。这位酒肉和尚很会委婉表达,"肉"字不能出口,只能说"不吃素"。假惺惺还要顾及点面子和身份。

高帽子 程畹①

世俗谓媚人为顶高帽子。尝有门生两人,初放外任②,同谒老师者,老师谓:"今世直道不行,逢人送顶高帽子,斯可矣。"其一人曰:"老师之言不谬,今之世不喜高帽如老师者,有几人哉?"老师大喜。既出,顾同谒者曰:"高帽已送出一顶矣。"

《潜庵漫笔》

【注释】

①程畹(1831~?):字兰畦,仪征(今属江苏)人。清诸生,曾侨居东台城。有《啸云轩诗文集》《避寇纪略》《潜庵漫笔》等。

②外任:离开京城到地方上去做官。

【赏读】

有什么样的师傅,就有什么样的徒弟,而且青出于蓝而胜于蓝。还没出老师的门,就开始在老师身上实践老师的教诲。"逢人送顶高帽子"果然有效,"老师大喜"。初战告捷,反证老师言之不谬。

卷七

出乎意料

夫妻求物 韩 非

卫①人有夫妻祷者,而祝②曰:"使我无故③,得百束布。"其夫曰:"何少也?"对曰:"益是,子将以买妾。"

《韩非子》

【注释】

①卫:今河南北部淇县、滑县、濮阳一带。
②祝:向神祈祷。
③故:变故,灾难。

【赏读】

向神祈祷,财货多多益善,人之常情。妻子祈祷只要百匹布,丈夫嫌少,妻子的回答,却出人意料。乍听很意外,思之有道理。不要贪多无厌,否则事情生变。

妻子深知男人秉性,饱暖思淫欲,财多生是非。在她看来,只有小康,够吃够喝,没有余钱纳妾,婚姻才巩固,家庭才安全。

画鬼最易 韩 非

客有为齐王画者,齐王问曰:"画孰最难者?"客曰:"犬、马最难。""孰易者?"客曰:"鬼魅最易。"夫犬马,人所知也,旦暮罄②于前,不可类③也,故难;鬼魅无形者,不罄于前,故易之也。

《韩非子》

【注释】
①罄:显现。
②类:相似。

【赏读】
　　大家熟知的事物,人人都可以说三道四。大家没见过的东西,谁也无法去评论。所以人家创作的外星人,三角脑袋核桃眼,实在丑陋,但谁也不敢说不像。
　　画"鬼"虽然容易,但是不管你的想象有多么海阔天空,总跳不出"人"的形象圈子。庙里的小鬼,青脸红发头长角,总还是脱不了人的雏形。外星人的眼睛总还是在脸上,而不是长在头顶上、屁股上。孙悟空也不过是一个长了猴子脸的瘦男人,猪八戒也不过是一位猪脸的大胖仔。所以想象也是有限制的。如果孙悟空就是一个毛栗子,猪八戒就是一个肉丸子,人们就难以接受了。

伯乐授徒 韩 非

伯乐教其所憎者相千里之马,教其所爱者相驽马。以千里之马时一有,其利缓;驽马日售,其利急。

《韩非子》

【赏读】

一般人认为,能把相千里马的技术传授给一个徒弟,这个徒弟一定是他的"高足"。把相驽马技术传授给一个徒弟,这徒弟肯定不是得意门生。可是伯乐的做法,却恰恰相反:让他不喜欢的学生相千里马,让他的爱徒相驽马。

相千里马的徒弟,揽活少,难赚钱;相驽马的徒弟,活不断,赚大钱。伯乐的爱憎,原来如此。可谓用心良苦。

伯乐这样做效果极佳:学习差的学生感谢伯乐居然把"尖端技术"传授给了他,所以努力工作;学习优异的学生感激伯乐,是伯乐给了他一个赚钱多的"金饭碗"。

割地成礼 韩 婴

齐桓公①伐山戎②,其道过燕,燕君③送之出境。桓公问管仲曰:"诸侯相送,固出境乎?"管仲曰:"非天子不出境。"桓公曰:"然畏而失礼也。寡人不可使燕失礼。"乃割燕君所至之地以与之。

诸侯闻之,皆朝于齐。《诗》曰:"靖恭尔位,好是正直。神之听之,介尔景福。"④

《韩诗外传》

【注释】

①齐桓公(?~前643):姜姓,名小白。任用管仲进行改革,国力富强,成为春秋时第一霸主。

②山戎:古族名,又称北戎。春秋时分布在今河北北部。公元前663年齐桓公伐山戎。

③燕君:燕庄公。

④"靖恭尔位"四句:见《诗经·小雅·小明》。意谓:恪尽职守,喜爱正直之人。上天有灵,会给予最大幸福。

【赏读】

按当时礼仪,只有送天子可以越境送至国外,诸侯之间只能送至国境线。燕君送齐桓公送出了国界。齐桓公觉得有点受宠若惊,所以才询问管仲：燕君的做法合不合礼？管仲回答后，他担心燕君越礼了，决定以自己的行动挽回燕君失礼这件事。于是他就把燕君走入到齐国的这片土地划归燕国，这样就等于燕君送他没有出境。割地成就别人，割地维护礼法的尊严，这种做法确实出人意料，匪夷所思，虽然有点怪异，但故事的趣味也就在这里。

不管齐桓公真的是为了维护礼仪的严肃性，还是作秀给人看，割地成礼都取得了不错的效果。"诸侯闻之，皆朝于齐。"吃小亏占大便宜，恐怕这也是齐桓公成为春秋时期第一位霸主的原因之一吧。

绝缨会 韩 婴

楚庄王①赐其群臣酒,日暮酒酣,左右皆醉。殿上烛灭,有牵王后衣者,后挖②冠缨③而绝之,言于王曰:"今烛灭,有牵妾衣者,妾挖其缨而绝之,愿趣④火视绝缨者。"王曰:"止。"立出令曰:"与寡人饮,不绝缨者,不为乐也。"于是冠缨无完者,不知王后绝冠缨者谁,于是王遂与群臣欢饮乃罢。

后吴兴师攻楚,有人常为应⑤行⑥合战者,五陷阵却敌,遂取大军之首而献之。王怪而问之曰:"寡人未尝有异⑦于子,子何为于寡人厚也。"对曰:"臣先殿上绝缨者也,当时宜以肝胆涂地,负⑧日久矣,未有所效,今幸得用于臣之义,尚可为王破吴而强楚。"《诗》曰:"有灌者渊,萑苇淠淠。"⑨言大者无不容也。

《韩诗外传》

【注释】

①楚庄王(?~前591):芈(mǐ)姓,名旅(一作吕、侣)。春秋时楚国君。在位时国势强大,曾询问象征天子权威的九鼎的轻重,有野心做天子。后成为春秋时期霸主。

②挖(jié):拔取。

③冠缨:系帽子的带子。

④趣:急,快,从速。

⑤应：接受。

⑥行（háng）：即雁行，排在行列前面，此处指做先锋。

⑦有异：此处指特殊的恩惠关照。

⑧负：亏负，拖欠，负疚。

⑨"有漼（cuǐ）者渊，萑（huán）苇淠淠（pì）。"见《诗经·小雅·小弁》。意谓深水潭边，芦苇等水草多茂盛。

【赏读】

  一个故事有出人意料之处方有看头。楚庄王大宴群臣，突然有个胆大包天的登徒子暗中扯王后的衣裳并被王后扯断了冠缨。这不是找死吗？当时只要点起灯来，马上就能抓住这个"流氓"。按常理推断，楚庄王会立即亮灯，将其捉拿。可是楚庄王不但不让点灯，反而要求大家都把冠缨扯断，玩个尽兴。

  这个要求背后的原因，只有楚庄王、王后、扯后衣者三人心知肚明。对扯王后衣者来说震动更大。他没想到自己动手动脚时，王后把他的冠缨弄断了。王后拿到了"罪证"，自己肯定要"肝胆涂地"了。没想到楚庄王不但不点灯拿人，反而让众人都绝缨，掩护了自己。

  楚庄王的举动，使之感激涕零。楚庄王用他的宽宏大度换得了人心，后来这个人在战场上冲锋陷阵，取下敌人将军首级，立下战功。

解玉连环 刘 向

秦昭王（一说秦始皇）①尝使使者遗君王后②玉连环，曰："齐多知，而③解此环不？"君王后以示群臣，群臣不知解。君王后引椎④椎破之，谢秦使曰："谨以解矣。"

《战国策》

【注释】

①秦昭王（前325～前251）：即秦昭襄王。名稷（一作侧）。战国时秦国国君。

②君王后（？～前249年）：战国时齐襄王的王后。公元前265年，齐襄王离世后，她协助儿子田建执政41年，较好地处理了与秦及其他五国的关系。

③而：通"能"。

④椎（chuí）：同"槌"，槌子。

【赏读】

不是说齐国人聪明吗？那么能解开这个雕刻出来的玉连环吗？秦使者故意挑衅。

秦使者向齐国君臣提出解开玉连环，当然是在保证玉连环完好无损的情况下，这是不言自明的事。

君王后就抓住秦使者没有提先决条件，只提能不能"解"这样一个结果。所以君王后就不管手段,只要结果。一槌子下去,玉连环被砸得粉碎,就"解"了。利用对方说话的漏洞,巧妙解决了解开玉连环的难题,粉碎了秦之挑衅。好了,这就是我们"齐多知"的具体体现。

日远日近 裴 启[1]

晋明帝[2]数岁，坐元帝膝上。有人从长安来，元帝问洛下[3]消息，潸然流涕。明帝问何以致泣。具以东渡[4]意告之。因问明帝："汝意谓长安何如日远？"答曰："日远。不闻人从日边来。居然可知。"元帝异之。

明日，集群臣宴会，告以此意，更重问之。乃答曰："日近。"元帝失色曰："尔何故异昨日之言邪？"答曰："举目见日，不见长安。"

《裴子语林》

【注释】

①裴启：一名荣，字荣期，东晋河东人。少有才气，好论古今人物。著有《裴子语林》十卷，蜚声文坛，开志人小说的先河。

②晋明帝：即司马绍，东晋第一个皇帝元帝司马睿之子。

③洛下：洛阳。

④东渡：司马睿为琅琊王时居洛阳，当时天下大乱，朋友王导劝他回到封国去，他就回到建康（南京）镇守，图谋复国大计。因建康在洛阳之东，且须过江，故谓之"东渡"。

【赏读】

司马绍的聪明在他第一次回答时已经显现出来，没想到他的第二次回答，居然既不否定第一次的答案，还有了新的解释。而且这两次回答结论相反，但都合乎情理，让人更加惊异。

父亲惊异于儿子的睿智，本来想在群臣面前显摆一下，结果儿子的回答却让自己大惊"失色"，出了一身冷汗。结论和昨天完全相反，眼看要丢丑。没想到儿子这次的回答同样精彩，化险为夷，大出所料。"日远""日近"的解释各有道理。较之昨天单一的说法，第二次回答更显示了儿子的机变智慧，给老子长了脸。

文章极短，但元帝的"异之""失色"，急切地问："尔何故异昨日之言邪？"与儿子的沉着应对形成对比，双方形象都很鲜明。故事在跌宕起伏中，让读者也体验了一番"山重水复疑无路，柳暗花明又一村"的乐趣。

《列子·汤问》里也有一则类似的故事：孔子东游，见两小儿辩论，一个说：日初出大如车盖，及日中则如盘盂，此不为远者小而近者大乎？另一个说：日初出沧沧凉凉，及其日中如探汤，此不为近者热而远者凉乎？孔子不能决也。结果被两个孩子讥笑说："孰为汝多知乎？"

雪夜访戴 裴 启

　　王子猷①居山阴②，大雪夜，眠觉，开室酌酒，四望皎然。因起彷徨，咏左思③《招隐诗》④，忽忆戴安道⑤。
　　时戴在剡溪⑥，即便夜乘轻船就戴。经宿方至，既造门，不前便返。人问其故，王曰："吾本乘兴而来，兴尽而返，何必见戴！"

《裴子语林》

【注释】

①王子猷：即王徽之（338～386），字子猷，王羲之第五子。东晋名士。

②山阴：晋属会稽郡，郡治在今浙江绍兴。

③左思（约250～约305）：西晋文学家。临淄（今山东淄博市临淄区北）人，曾作《三都赋》，轰动一时，豪贵之家竞相传写，洛阳纸贵。

④《招隐诗》：左思诗作，歌颂隐居之乐。

⑤戴安道（约325～396）：即戴逵，字安道，谯郡铚（zhì）县（今安濉溪西南）人。工于文章书画，善弹琴。

⑥剡（shàn）溪：在今浙江嵊州，即曹娥江上游。

【赏读】

　　大雪冬夜，一叶扁舟，一夜行程，何等不易！如此铺垫，顺理成章的是叩门访友、彻夜长谈，然而王子猷却"既造门，不前便返"。小船三百六十度大折返，文章也来了个大转折。艺术的魅力就在于出人预料，不按常规"出牌"。这一折返，王子猷的任性放达一下子就凸显出来。

王子猷活得随意。兴来就去，兴尽就回，一切只要让自己舒心就好，不是做给别人看的。如果已"兴尽"，还要强迫自己访友，就违背了雪夜访戴的初衷，岂不把高兴变成了扫兴！比如，吃饭是享受，因怕浪费一桌好菜结果吃得肚子疼，就违背了吃饭的初衷，享受就成了拿钱买罪受。

王子猷的行为，在常人看来不通情理，然而这正是他的率真可爱处。世俗之见奈我何？

富不富贫不贫 萧 绎[1]

魏文侯[2]见宋陵子,三仕不愿,文侯曰:"何贫乎?"宋陵子曰:"王见楚之富者,牧羊九十九而愿百,尝访邑里故人。其邻人贫,有一羊者,富拜之曰:'吾羊九十九,今君之一,盈[3]我成百,则牧数足矣。'邻者与之。从此观之焉,富者非富,贫者非贫也。"

《金楼子》

【注释】

①萧绎(508~554):即南朝梁元帝。字世诚,自号金楼子。南兰陵(今江苏常州西北)人。文学家。有集五十二卷,小集十卷,已散佚。明人辑有《梁元帝集》。著有《金楼子》,已佚,现存辑本。

②魏文侯(?~前396):名斯。战国时魏国的建立者。任用李悝(kuī)为相、吴起为将,西门豹治邺,国势强盛。

③盈:满。

【赏读】

富人向穷人乞讨一只羊,穷人送他一只羊。到底谁富有?谁贫穷?富人贪婪成性,自己有九十九只羊,还要索取穷人仅有的一只羊;穷人很大方,为满足富人送他一只羊。精神上谁更富有?

孔门弟子 侯 白

动筒①又尝于国学②中看博士③论难④云:"孔子弟子达者有七十二人。"动筒因问曰:"达者七十二人,几人已着冠?几人未着冠?"博士曰:"经传无文。"动筒曰:"先生读书,岂合不解孔子弟子着冠有三十人,未着冠者有四二人?"博士曰:"据何文以知之?"动筒曰:"《论语》云'冠者五六人'⑤,五六三十也;'童子六七人',六七四十二也,岂非七十二人?"

坐中大悦。博士无以应。

《启颜录》

【注释】

①动筒:全名石动筒,《启颜录》中的滑稽人物。
②国学:京师官学的通称。
③博士:专掌经学传授的学官。
④论难:辩论诘难。
⑤冠者五六人:见《论语·先进》:"莫春者,春服既成,冠者五六人,童子六七人。浴乎沂,风乎舞雩(yú),咏而归。"

【赏读】

中国古代数词连用,有两种意思。一是作为概数、约数来看的,"冠者五六人""童子六七人",实际上可以说在"五六""六七"

之间有一个未写出的顿号。这类例子很多。如《晋书·羊祜传》："天下不如意，恒十居七八。"辛弃疾词《西江月》："七八个星天外，两三点雨山前。"董解元《西厢记》："有接屋连甍，五七万人家。"二是作为乘法的积来看的。这种例子也很多。《左传·襄公十一年》："女乐二八"，即有女乐十六人。《古诗十九首》："三五明月满，四五蟾兔缺。"苏轼《李铃辖座上分题戴花》："二八佳人细马驮，十千美酒渭城歌。"以上数字都是按乘法的积计算的。

　　文中石动筒故意用乘法看待"五六""六七"，自然就成了"三十"和"四十二"。事有巧合，孔子的得意门生正好是七十二人，石动筒的三十加四十二也正好是七十二之数。虽然他是拿《论语》开的一个玩笑，但从语言逻辑上还真不好反驳。

作诗胜郭璞① 侯 白

高祖②尝令人读《文选》③,有郭璞《游仙诗》,嗟叹称善。诸学士皆云:"此诗极工,诚如圣旨④。"动筒即起云:"此诗有何能,若令臣作,即胜伊一倍。"

高祖不悦,良久语云:"汝是何人,自言作诗胜郭璞一倍,岂不合⑤死!"动筒即云:"大家即令臣作,若不胜一倍,甘心合死。"即令作之。

动筒曰:"郭璞《游仙诗》云:'青溪千余仞,中有一道士。'臣作云:'青溪二千仞,中有两道士。'岂不胜伊一倍?"高祖始大笑。

《启颜录》

【注释】

①郭璞(276~324):字景纯,河东闻喜(今属山西)人。晋文学家、训诂学家。所作《游仙诗》,通过对神仙境界的追求,表现其忧生避祸的心情。

②高祖:此处当指唐高祖李渊。

③《文选》:总集名。南朝梁萧统(昭明太子)编选,世称《昭明文选》。主要选录自先秦至梁的诗文辞赋。是研究梁以前文学的重要参考资料。

④诚如圣旨:正如皇上说的那样。

⑤合：应当，应该。

【赏读】

对郭璞的《游仙诗》，皇帝众臣赞赏有加，同声喝彩。独有石动筒口出狂言，不屑一顾，夸口可胜郭璞一倍。高祖大为震惊，认为其夸海口，甚至说他该死。石动筒却立下军令状：如果不超过郭璞一倍，死也甘心。虽然有点戏谑成分，但是还是怀着好奇，看他如何胜过郭璞一倍。结果却是石动筒开了一个数字玩笑，来了一个脑筋急转弯。

文章大有"山重水复疑无路，柳暗花明又一村"的妙处。像是拆穿了戏法的秘密，众人恍然大悟，原来如此简单。

辨獐鹿 沈 括

王元泽①数岁时,客有以一獐②一鹿同笼以问雱:"何者是獐,何者是鹿?"雱实未识,良久,对曰:"獐边者是鹿,鹿边者是獐。"客大奇之。

《梦溪笔谈》

【注释】

①王元泽(1044~1076):名雱,字元泽。北宋临川(今江西抚州西)人。王安石子。博学多识,二十岁前著书数万言。官至天章阁待制,迁学士。

②獐:獐子,形似鹿而小,无角。

【赏读】

"獐边者是鹿,鹿边者是獐。"二者互为存在,既回答了问题,又立于不败之地。模糊语言的妙用就在这里。作为一个孩子,确实机警。

曹彬伐太原 王巩①

曹彬②、潘美③伐太原④,将下,曹麾兵少却,潘力争进兵,曹终不许。

既归至京,潘询曹何故退兵不进,曹徐语曰:"上尝亲征不能下,下之则吾辈速死。"

既入对⑤,太祖诘之,曹曰:"陛下神武圣智,尚不能下,臣等安能必取?"帝颔之而已。

《随手杂录》

【注释】

①王巩:字定国,自号清虚先生。北宋莘县(今属山东)人。长于诗。与苏轼交往甚密。轼得罪,巩亦贬谪宾州。赦还,历官宗正丞。著有《甲申杂记》《闻见近录》《随手杂录》等。

②曹彬(931~999):字国华,真定灵寿(今属河北)人。北宋初年大将。

③潘美(925~991):字仲询,大名(今属河北)人,北宋初年将领。

④伐太原:攻打北汉都城太原(今属山西)。

⑤入对:进官汇报。

【赏读】

曹彬官场老泥鳅,深知功高震主危险多。潘美只知作战要取胜,功亏一篑太可惜。

如果都是曹彬，纵敌不克，个人安全则国家危险；如果都是潘美，功高震主，自身会陷于危险之境。

主上心胸狭隘，学曹彬，能自保，是小我；主上圣明，学潘美，能立功，是大我。

胜利在望却退兵，让人费解；曹彬说明利害，答案大出所料，乍听不成道理，细想不无道理。是耶？非耶？似是而非耶？似非而是耶？文章点穴处，耐人寻味，方为上乘。

飨 盗 王辟之

曹州①于令仪者,市井人也。长厚不忤物②。晚年家颇丰富。一夕,盗入其家,诸子擒之,乃邻子也。令仪曰:"汝素寡悔,何苦而为盗邪。"曰:"迫于贫耳。"问其所欲。曰:"得十千足以衣食。"如其欲与之。

既去,复呼之,盗大恐。谓曰:"汝贫,乘夜负十千以归,恐为人所诘。"留之,至明使去。盗大感愧,卒为良民。

《渑水燕谈录》

【注释】

②曹州:今山东菏泽。

③忤物:与人不和,得罪人。

【赏读】

于令仪抓到了盗窃者,发现乃邻居,如果痛打一顿,或者扭送官府,两家就会结下世代冤仇。再者邻居只是为了生计小偷小摸,不是抢劫杀人。冤家宜解不宜结,所以他决定不追究。

于令仪的邻居正是因为"大感愧",因此"卒为良民"。

明郑瑄《昨非庵日纂》里有一则故事:"孔寺丞牧所居园圃近水,有夜涉水盗蔬果者。孔曰:'晦夜涉水,或有陷溺。'即为制桥。盗惭,不复渡。"你要偷蔬果,我怕你溺水身亡,搭桥提供方便,保障安全。方便偷了,反而不偷了。

敬畏前朝臣 　王　铚①

　　周世宗②于禁中作功臣阁，画当时大臣如李谷③、郑仁诲④与朴⑤之属。太祖⑥即位，一日过功臣阁，风开半门，正与朴像相对。太祖望见，却立耸然，上御袍襟领，磬折⑦鞠躬顶礼乃过。左右曰："陛下贵为天子，彼前朝之臣，礼何过也？"太祖以手指御袍云："此人若在，朕不得此袍著。"其敬畏如此。

《默记》

【注释】

①王铚（zhì）：字性之，自号汝阴老民。汝阴（今安徽阜阳）人。绍兴初，曾任枢密院编修官。晚年遭秦桧摒斥，退隐山中。著有《默记》，熟于掌故，所言多有据，可补正史之缺。另有《雪溪集》等。

②周世宗（921~959）：即柴荣。邢州龙岗（今河北邢台西南）人。后周皇帝。

③李谷（903~960）：字惟珍，汝阴（今安徽阜阳）人。先后在五代的后晋、后汉、后周三朝为官。

④郑仁诲（？~955年）：晋阳（今山西太原）人。历仕五代的后汉、后周。后周周太祖时曾任宰相。死后，周世宗亲临吊祭。

⑤朴：指王朴（906~959），字文伯。东平（今山东东平）人。柴荣重臣，故人云"朴在则周朝在"。

⑥太祖：即宋太祖赵匡胤（927~976），涿州（今属河北）人。后周时掌兵权。后发动陈桥兵变，建立宋朝。

⑦磬折：身形曲折似磬。

【赏读】

"陛下贵为天子，彼前朝之臣，礼何过也？"这是一般人的思维，合乎情理。这些人到底短见，不了解赵匡胤。

赵匡胤的举动，看似乖张，实则大有深意。他之所以对死者表示敬畏，有惺惺相惜之意。"风开半门，正与朴像相对。"王朴是"朴在则周朝在"的重要人物。"此人若在，朕不得此袍著。"这句话讲得风趣，暗含辩证法。

一方面，他揄扬尊敬前朝忠臣，也是给手下大臣树立一个榜样，你辈也应忠于我。另外，也是收买前朝遗老遗少的人心，博取他们的好感。

荒岁建塔 罗大经

近时,莆阳①一寺规建大塔,工费巨万。或告侍郎②陈正仲③曰:"当此荒岁,寺僧剥敛民财,兴无益之土木,公为此邦之望④,盍白⑤郡⑥禁止之。"正仲笑曰:"子过矣,建塔之役,寺僧能自为之乎?莫非佣此邦之人为之也。敛之于富饶之家,散之于贫窭⑦之辈,是小民借此以得食,而赢得一塔耳。当此荒岁,惟恐僧之不为塔也,子乃欲禁之乎?"

《鹤林玉露》(又见明《昨非庵日纂》)

【注释】

①莆阳:今属福建莆田。

②侍郎:官名。唐时为各部长官之副。

③陈正仲:即陈谠,仙游(今属福建)人。曾做过提刑、侍郎。

④望:名门望族。

⑤白:告诉,说明。

⑥郡:指郡的长官。

⑦窭(jù):贫穷。

【赏读】

一件事情总有两面,荒岁闹饥荒,钱要花在刀刃上,建塔似乎是劳民伤财，雪上加霜，所以有人反对。

但陈正仲却能透过表面看本质。他知道建塔不是官府出资，而由富户出钱。荒年歉岁，富户往往囤积居奇，不肯对穷人施以援手，让他们直接出钱出粮赈灾很难。而建塔是积阴德、兴家业、荫子孙的好事，富户倒是舍得施舍。建塔就要农民出工，农民就可以赚个工钱，就可以养家糊口，度过荒岁。

这样以工代赈，富户就间接地救济了穷人。陈正仲能辩证看问题，富人出了血，穷人受了益，寺院有了塔。所以荒岁建塔是好事。

偷技不传子　刘元卿

一偷儿黠甚,终生行窃无犯。垂老,子虑其术终于其身,日恳传焉。父曰:"吾何传?为之即是。"

子一夕乘间入富室卧内,有大柜偶未镉②,预隐其中。计伺主人寐,则窃藏出也。

乃主人方寝而忆,镉其柜,不得出。中夜彷徨,夜阑益棘③,不得计,故弹指作鼠啮声。主人寤而闻之,虑鼠啮衣籍,亟起发镉逐鼠。

偷儿子跃出逸归,对其父曰:"父奈何秘不儿传,几濒死所矣。藉第令计不出是奈何!"父曰:"即此是矣,吾又何传!"

《贤弈编》

【注释】

①镉(jué):箱子上安锁的钮,这里指"锁上"。
②棘:通"急"。

【赏读】

故事短小,却也波澜起伏。

子再三恳请,父坚持不传偷技于子。儿子不知其意,只好铤而走险。乘机藏身富家柜中,待机行窃,也不失为刚出道者的一种方法。主人忽然想起,锁了柜子。初试身手,就身陷绝境。为读者立一悬念：且看他如何脱身？

他急中生智，假作老鼠咬东西，惊动了主人，开锁驱鼠。偷儿一跃而遁。

经此劫难，按情理而言，应是父亲慰劳有加，无所保留地传授偷技。但是没想到当儿子提出责难，口出怨言时，父亲却说："即此是矣，吾又何传！"你这样做就对了，我还有什么可传授的呢！

语出读者意料之外，细想原来是父亲一片苦心：置之死地而后生。盗亦有道，小偷也有"哲人"，在用"实践出真知"的道理培养"接班人"。

死后佳 谢肇淛

叶衡①罢相归,日与布衣饮甚欢。一日不怡,问诸客曰:"某且死,但未知死后佳否?"一姓金士人曰:"甚佳。"叶惊问曰:"何以知之?"士人曰:"使死而不佳,死者皆逃归矣,一死不返,是以知其佳也。"满座皆笑。

《五杂组》

【注释】

①叶衡:字梦锡。南宋金华(今属浙江)人。曾任户部尚书参知政事、右丞相兼枢密使。

【赏读】

宗教都对信徒说,活着行善死后报应好,活着作恶死后遭惩罚。死后好不好,全在个人修行。死后到底怎么样?谁也没有一个确凿的答案,也不可能有答案。金姓士人却一句话就"解决"了死后到底如何的"哲学"难题:死后都很好。何以见得?因为没有一个逃回来的,都在那里安家落户,成了永久居民了。回答得巧妙,切入角度新颖,虽然似是而非,有神论者还真难以驳倒他。

郭忠恕画卷 冯梦龙

郭忠恕[①]善画,有求者,必怒而云:"意欲画,即自为之。"时与役夫小民入市肆饮,曰:"吾所与游[②],皆子类也。"寓岐[③]下时,有富人子喜画,日给醇酒,待之甚厚,久乃以情言,且致匹素。郭为画小童持线放风鸢[④],引线数丈满之。富人子大怒,与郭遂绝。

《古今谭概》

【注释】

①郭忠恕(?~977):字恕先,又字国宝。洛阳(今属河南)人。五代宋初画家、文字学家。擅画山水,尤精界画(以宫殿楼台为主要题材的传统画)。

②游:交游,交往。

③岐:古邑名。在今陕西岐山县东北。

④鸢(yuān):老鹰。

【赏读】

这幅童子放风筝图,比《清明上河图》《富春山居图》都长得多,内容却简单得多:这头一个孩子,那头一只风筝,中间数丈是一条线。你不能说它不是画,可是这张画挂哪里?数丈生绢白搭了。郭忠恕幽了一默,看还有哪个贵人敢来求画!

轮回报应 冯梦龙

一人盛谈轮回报应:慎无轻杀,凡一牛一豕,即作牛豕以偿;至蝼蚁亦罔不然①。时许文穆②曰:"莫如杀人。"众问其故。曰:"那一世责债,犹得化人也。"

《古今谭概》

【注释】

①罔不然:无不如此。

②许文穆(1527~1596):名国,字维贞,谥文穆。明歙县(今属安徽)人。官至吏部尚书、武英殿大学士。

【赏读】

佛家宣传蝼蚁蚊蝇皆有命,不可作孽嗜杀生。杀生有报应,杀了畜生变畜生。既然杀什么下世就变什么,所以许文穆就说,都不如杀人,下世还能变人。结果是杀人者,世世代代能做人;杀畜生者,反而再也不能做人。

利用你设的前提,做出合理的推判,得出必然的结论。轮回报应之说的荒谬可笑,无须赘言,不辩自明。

骗子得官 冯梦龙

秦桧当国，有士人假其书，谒扬州守。守觉其伪，交原书管押其回。桧见之，即假①其官资②；或问其故，曰："有胆敢假桧书，此必非常人。若不以一官束之，则北走胡，南走越矣。"

《智囊》

【注释】

①假：给予。

②官资：做官的资历。

【赏读】

明人陈继儒在《小窗幽记》里曾说过：天下可恶的人，都是可惜人。秦桧在陈继儒之前就认识到了这一点："有胆敢假桧书，此必非常人。"所以他必须收揽这样的"人才"，防止人才外流，为敌所用，这一点秦桧还算有眼光。

变 爷[①] 游戏主人

一贫人生前负债极多,死见冥王。王命鬼判查其履历,乃惯赖人债者。来世罚去变成犬马,以偿前欠。

贫者禀曰:"犬马之报,所尝有限,除非变了他们的亲爷,方可还得。"王问何故。答曰:"做了他家的爷,尽力去挣,挣得论千论万,少不得都是他们的。"

《笑林广记》

【注释】

①爷:古时对父亲的称呼。

【赏读】

咒人常说,死了叫你变牛变马,受苦受累;报恩人常说,死了变牛变马,报你的大恩大德。

文中贫人的看法倒新鲜,死后变"爹",辛辛苦苦一辈子,挣下财富千千万,撒手而去,子女坐享其成。比变牛变马更苦、更累。

乍听刺耳,莫名其妙,报恩哪有来生变成恩主父母的?来生还要占便宜?太没良心!但听了贫人一席话,细细品味,能自圆其说,不无道理。

延师课赌 王 械[1]

金伯父钧摄山东莱阳令,与邑绅宋姓者善,即荔裳[2]先生族子也。家素封[3],而儿子癖于赌。百计劝惩,弗之听。因出重币,遍访江浙之精于博者,延至家。年余,尽得其密。自是博必胜,人无与博者。竟绝博而保其家。

《秋灯丛话》

【注释】

①王械:原名枰,字凝斋。清代福山(今属山东)人。著有《秋灯丛话》十八卷,录轶闻遗事。

②荔裳(1614~1674):名宋琬,字玉叔,号荔裳。清代莱阳(今属山东)人。清初诗人。顺治进士,曾任浙江按察使、四川按察使。有《安雅堂全集》。

③素封:无官爵封邑而拥有资财的富人。

【赏读】

对赌徒来说,赌,是一种嗜好、一种享受。这位父亲抓住赌徒的这一心理,以"赌"攻"赌"。请了一位精于赌博的家教,给儿子传授赌经。年余,尽得赌博精髓,赌遍天下无敌手。没有了对手,也就失去了赌的乐趣和兴致,于是彻底金盆洗手。

据说过去开点心铺的,新来的伙计,第一顿饭,热糕点吃个够。一下子吃伤了,以后看见糕点就恶心,就再也不用担心伙计偷吃了。

僧惧内 倪 鸿

祇园^①上人,招余辈小集。或问:"坐中何人最惧内?"众未及答。祇园曰:"惟老僧最惧内。"众讶之。笑曰:"惟惧内,故不敢娶耳。"一坐粲然。

《桐阴清话》

【注释】

①祇(qí)园:印度著名佛教圣地之一。中国多处寺庙以祇园命名。

【赏读】

座中朋友谈及谁最惧内。大家正在不知如何回答时,祇园上人说只有我老僧最怕老婆。

一个和尚怎么会存在怕老婆的问题?大家莫名其妙。和尚道出原委:你们怕老婆但是还是娶了老婆。我因为怕老婆,就根本不敢娶老婆。所以我是惧内之首。

把和尚不婚的理由,解释为因为怕老婆,别致逗趣。

文抄公拔头筹 佚 名

彭芸楣尚书,督学浙江,考试至某府,该处文风僻陋,无一卷可入目。有三人抄袭陈文:一人一字不易,二人颠倒其文而抄之。案发,其不易一字者第一,余二人第二、三名,群议先生之未见刻本也。

发落时,先生召三人谓之曰:"汝以髫年①所诵习不遗一字,记性却佳,故首拔之,为勤读者劝。汝二人卷中脱讹太多,想此调不弹久矣,今后当再加温习功也。"

《清代名人趣史》

【注释】

①髫(tiáo)年:童年。

【赏读】

俗语说,天下文章一大抄,看你会抄不会抄。这个"抄"应该理解为继承前人成果之意,不应当刻板地认为就是生搬硬套。但这三位考生却硬是照抄前人文章。

考官倒是"慧眼"识"英雄",瘸子里面拔将军,把一字不差抄袭者列为第一。大概看中他的老实,抄袭就是抄袭,人家不打马虎眼。再说,抄得一字不误,可见记性好,脑子聪明,有发展前途。

卷八 哲理寄意

鲁侯养鸟 庄　子①

昔者海鸟止于鲁郊，鲁侯御而觞之于庙②，奏《九韶》③以为乐，具太牢④以为膳。鸟乃眩视忧悲，不敢食一脔⑤，不敢饮一杯，三日而死。

此以己养养鸟⑥也，非以鸟养养鸟也。夫以鸟养养鸟者，宜栖之深林，游之坛陆，浮之江湖，食之鳅鲦⑦，随行列而止，委蛇⑧而处。

《庄子》

【注释】

①庄子（约前369～前286）：名周，宋国蒙（今河南商丘）人。战国时哲学家。是道家学派的代表人物之一，与老子并称"老庄"。庄子及其后学著有《庄子》一书。

②庙：王宫的前殿。

③《九韶》：亦作《九招》。古乐曲名，久已亡佚。

④太牢：古代宴会、祭祀时，牛羊猪三牲俱备，谓之太牢。

⑤脔：切成小块的肉。

⑥以己养养鸟：以自己的生活方式养鸟。

⑦鳅鲦（qiū tiáo）：鳅，泥鳅。鲦，一种小白鱼。

⑧委蛇：即委蛇（wēi yí），逍遥自得，无所祈求貌。

【赏读】

爱鸟无可厚非，但人有人性，鸟有鸟性，不能用自己的养生之道来养鸟。鸟有自己的生活习性和生存环境，让它回归大自然，才能很好地生存。所以，有的鸟养在笼子里惊恐不安，飞来撞去，很快就死掉了。

畏影恶迹 庄　子

人有畏影恶迹而去之走者，举足愈数而迹愈多，走愈疾而影不离身，自以为尚迟。疾走不休，绝力而死。不知处阴以休影，处静以息迹，愚亦甚矣！

《庄子》

【赏读】

有人幻想身无影，行无迹。此人想法很天真，做法太愚蠢，累死也不奇怪。解决问题抓不住根本，越陷越深，麻烦缠身。逃避不是办法，面对现实巧妙解决，才是根本。

身在阴暗处，影子不再有；停下不再走，足迹自然无。抓住关键，解决问题很简单。

齐人夺金 列子[1]

齐人有欲金者,清旦衣冠而之市,适鬻金者之所,因攫其金而去。吏捕得之。问曰:"人皆在焉,子攫人之金何?"对曰:"取金之时,不见人,徒见金。"

《列子》

【注释】
[1]列子(约前450~前375):即列御寇。战国时期郑国(今河南郑州)人,道家学派代表人物。著有《列子》八篇,早佚。今之《列子》可能是晋人作品。内容多为民间故事、寓言、神话传说。

【赏读】
用财迷心窍、利令智昏形容此人再恰当不过。

旁观者清,看他大庭广众之下公然抢劫,愚蠢可笑;当局者迷,见钱眼开,见利忘义,不知犯法要受到制裁。

以身试法者,作案前都认为自己绝顶聪明,想得十分周全,设计得天衣无缝;被抓后都后悔自己太愚蠢,作案时怎么会留下那么多破绽。

狗吠杨布　列　子

杨朱之弟曰布，衣素衣而出。天雨，解素衣，衣缁衣而反。其狗不知，迎而吠之。杨布怒将扑之。杨朱曰："子无扑矣，子亦犹是也。向者使汝狗白而往，黑而来，岂能无怪哉？"

《列子》

【赏读】

服饰一改变，狗不认主人，可以理解。狗不认主人，也不过是它以衣帽相人，不适应变化，但是它忠于主人。

狗吠杨布，杨布不从自身找原因，要打狗；杨朱善于换位思考：如果白狗出去，变黑狗回来，你能不吃惊？问题很有说服力。

对于一些人来说，你是不是朋友，认识不认识你，多以利害为标准。昨天你是个穷小子，贫居闹市无人问；如今你一夜暴富，富在深山有远亲。富时，众星捧月都是朋友；贫时，星流云散全是路人。

子死不忧 列 子

魏人有东门吴者,其子死而不忧。其相室^①曰:"公之爱子,天下无有,今子死而不忧,何也?"东门吴曰:"吾常^②无子,无子之时不忧,今子死,乃与向无子同,臣奚忧焉?"

《列子》

【注释】
①相室:随嫁的妇女。
②常:通"尝",曾经。

【赏读】
人总要活得有些弹性,兵来将挡,水来土掩,没有过不去的火焰山。子死不哭,看似违背常情,细想面对现实,东门吴也情有可原。不过是又回到了"无子"的原点。人在回天乏力,无可奈何时,也不妨把这当作一剂心灵的安慰药。

卫人嫁女 韩 非

卫人嫁其子^①而教之曰:"必私积聚。为人妇而出^②,常也;其成居^③,幸也。"其子因私积聚,其姑^④以为多私而出之。其子所以反者^⑤,倍其所以嫁。其父不自罪于教子非也,而自知其益富。

《韩非子》

【注释】

①子:女儿。

②出:遗弃,驱逐。

③成居:终生住在一起。

④姑:婆婆。

⑤所以反者:带回来的东西。

【赏读】

卫人教育女儿,成婚就要多攒体己钱,防备以后被遗弃。女儿听了父亲的教诲,积极建立小金库。结果担心的事情发生了,父亲还洋洋得意,认为自己有远见。

因果关系搞不清,作茧自缚小聪明。聪明反被聪明误,自己挖坑埋自己。

熊渠子射石　刘　向[①]

昔者楚熊渠子夜行见寝石[②]，以为伏虎，关[③]弓射之，灭矢饮羽[④]。下视，知石也，却复射之，矢摧无迹。

《新序》

【注释】

①刘向（约前77～前6）：本名更生，字子政。沛（今江苏沛县）人。西汉经学家、目录学家、文学家。汉皇族后裔。曾任谏议大夫、光禄大夫等。今存《洪范五行传》《新序》《说苑》《列女传》等。并编撰有《战国策》。

②寝石：横卧的石头。

③关：通"弯"。

④灭矢饮羽：灭矢，箭杆没而不见。饮羽，箭深入，尾部羽毛隐没不见。

【赏读】

心中有虎，必须一箭将其杀死，自己方能安全，所以箭能穿石。知道是顽石而非虎，心中无虎，则懈怠无力，弯弓再射，箭折而石无划痕。

另一故事与此相类，言西汉名将李广出猎见草中石以为虎。射之，中石没矢。视之石头，退而再射，终不能入。此之谓：心诚则金石为开。

卖 饼 何 薳

　　子韶①言，旧间巷有人以卖饼为生，以吹笛为乐，仅得一饱资，即归卧其家，取笛而吹，其嘹然之声动邻保②，如此有年矣。

　　其邻有富人，察其人甚熟，可委以财也。一日，谓其人曰："汝卖饼苦，何不易他业？"其人曰："我卖饼甚乐，易他业何为？"富人曰："卖饼善矣，然囊不余一钱，不幸有疾患难，汝将何赖？"其人曰："何以教之？"曰："吾欲以钱一千缗③，使汝治之，可乎？平居则有温饱之乐，一旦有患难，又有余资，与汝卖饼所得多矣。"

　　其人不可。富人坚谕之，乃许诺。及钱既入手，遂不闻笛声矣。无何，但闻筹算之声尔。其人亦大悔，急取其钱，送富人退之，于是再卖饼。明日笛声如旧。

　　　　　　　　　　　　　　　　　　《春渚纪闻》

【注释】

　　①子韶：即向子韶（？~1128），字和卿，北宋开封人。元符进士。建炎二年（1128）金人进犯淮宁府，率众守城，城陷，不屈而死。

　　②保：古时十家为一保。

③缗（mín）：穿铜钱的绳子。

【赏读】

  富人认为钱多幸福多，卖饼人以为钱财够吃够喝无牵挂为幸福。业余吹吹笛子，自得其乐。钱多多操心，钱多更贪心，再也不快活。

  有了钱整天打算盘，算盘珠子噼啪响，再也没有了笛声悠扬。有钱不能买幸福。常言道"人为财死，鸟为食亡"。钱就是贪心者的勾命鬼。

良桐为琴 刘 基①

工之侨得良桐焉,斫②而为琴,弦而鼓之,金声而玉应,自以为天下之美也,献之太常③。使国工视之,曰:"弗古。"还之。

工之侨以归,谋诸④漆工,作断纹⑤焉;又谋诸篆工,作古窾⑥焉;匣而埋诸土,期年出之,抱以适市。贵人过而见之,易之以百金。献诸朝,乐官传视,皆曰:"希世之珍也。"工之侨闻之叹曰:"悲哉世也!岂独一琴哉,莫不然矣。而不早图⑦之,其与亡矣!"遂去,入于宕冥之山,不知其所终。

《郁离子》

【注释】

①刘基(1311~1375):字伯温。青田(今属浙江)人。明初大臣,政治家、军事家、诗人。元末进士,曾任地方官。明初任御史中丞兼太史令。封诚意伯。洪武四年辞官。为人所谮,忧愤而死。一说被毒死。有《诚意伯文集》。其《郁离子》,以寓言形式批判元末暴政。

②斫(zhuó):用刀斧砍。

③太常:主祭祀礼乐的官员。

④诸:"之于"或"之乎"的合音。

⑤断纹:裂纹。多指古琴裂纹。古人说琴五百岁不断纹,时间越久,断纹越多,以此断定琴年代之久远。

⑥窾（kuǎn）：通"款"，指"款识"，古代钟鼎彝器上刻铸的文字。

⑦图：谋划。

【赏读】

世人不识货，好琴无人问津，所以要把琴弄破，加断纹刻古字，埋在地下再出土，才会身价百倍。"专家""大师"糊弄人，世间缺少真伯乐。

同样一把琴，前后命运有天壤之别！推而广之想一想，多少人才被埋没，只因不会包装未炒作。

芮伯①献马 刘 基

周厉王②使芮伯帅师伐戎③,得良马焉,将以献于王。芮季④曰:"不如捐之。王欲无厌,而多信人之言。今以师归而献马焉,王之左右必以子获为不止一马,而皆求于子。子无以应之,则将晓于王,王必信之,是贾祸也。"

弗听,卒献之。荣夷公⑤果使求焉,弗得,遂潛诸王,曰:"伯也隐。"王怒逐芮伯。君子谓芮伯亦有罪焉:尔知王之渎货⑥而启之:芮伯之罪也。

《郁离子》

【注释】

①芮(ruì)伯:即芮良夫,西周时厉王卿士。

②周厉王(? ~前828):姬姓,名胡。西周国王。

③戎:古族名。

④芮季:当为芮伯之弟。

⑤荣夷公:周厉王宠臣。封于荣,官卿士,帮助厉王实行"专利",引起民变。

⑥渎:贪污。

【赏读】

芮季思维缜密,考虑深远。不能就献马而献马,要想到献马的后果。按照常人看法，如果只有一匹马，必然留着自用。既然能给皇帝献马，肯定不止一匹——而实际上还真是只有一匹。

只有一匹马却献给周王，可能吗？骗谁呢？人的期望跟芮伯的实际情况，出现了巨大差距，就埋下了矛盾的种子，惹来了祸端。

本来表忠心，却让周王起疑心。结果是多一事不如少一事，好心没好报。这就是事物的辩证法。

三人窃李 刘元卿

西邻母有好李,苦①窥园者,设阱墙下,置粪秽其中。黠竖子②呼类窃李,登垣陷阱间,秽及其衣领。犹仰首于其曹③:"来来,此有佳李。"其一人复坠,方发口,黠竖子遽掩其两唇。呼"来来"不已。俄一人又坠,二子相与诟病。黠竖子曰:"假令三子者,有一人不坠阱中,其笑我终无已时。"

《贤弈编》

【注释】

①苦:苦于。

②黠(xiá)竖子:狡猾而聪明的小子(含轻蔑意)。

③曹:辈,如我辈、尔辈。

【赏读】

故事可笑道理深,人间不少这类人,临死拉个垫背的,同流合污,大家彼此彼此。大家都有小辫子,谁也别再笑话谁,形成命运共同体,互相掩护来包庇。

此类小人不可不防。只要不听花言巧语,不贪什么"佳李",就不会陷入他的"大粪池"。

盲子失坠 刘元卿

有盲子道①涧溪。桥上失坠,两手攀楯②,兢兢握固,自分③失手必坠深渊矣。过者告曰:"毋怖,第④放下即实地也。"盲子不信,握楯长号。久之,力惫,失手坠地。乃自哂曰:"嘻!早知即实地,何久自苦耶!"夫大道甚夷⑤,沉空守寂⑥,执一隅以自矜严⑦者,视此省哉。

《贤弈编》

【注释】

①道:过。

②楯(shǔn):栏杆。

③自分:自己料想。

④第:且,只管,只要。

⑤夷:平坦。

⑥沉空守寂:陷于自闭空想。

⑦执一隅以自矜严:固执而自负。

【赏读】

固执己见,不听劝告,空自受苦,虚惊一场。盲人大可不必讥笑自己,因为你是盲人。真正可笑的是世上还有不少有眼无珠的"盲人",也在那里"握楯长号",自己吓自己。

行当本色　刘元卿

吴中一老，故微而窭①，初弄蛇为生。其长子行乞，次钓蛙，季②讴《采莲歌》③以丐食。

晚致富厚，一日其老聚族谋曰："吾起家侧微，今幸饶于赀④，须更业习文学，方可振家声也。"于是延塾师馆督，令三子受业。

逾年，塾师时时誉诸子业日益，其老乃具燕集宾，延名儒试之。名儒至，则试以偶语。初试季子云："纷纷柳叶飞"，季对曰："哩哩莲花落"。继试仲子云："红杏枝头飞粉蝶"，仲对云："绿杨树下钓青蛙"。试长子云："九重殿⑤上，排两班文武官员"，长对曰："十字街头，叫几声衣食父母"。其老窃聆之，诧曰："阿曹云云，犹旧时所弄蛇也。"吁，夫囿于习而欲渝⑥之者难矣！"

《贤弈编》

【注释】

①微而窭：出身低微而贫穷。

②季：排行老三者。

③《采莲歌》：此处即指"莲花落"（后文有"哩哩莲花落"）。宋时已流行，为乞丐行乞时演唱。

④饶于赀：富有资财。赀，同"资"。

⑤九重殿：宫禁，极言其深远。
⑥湔（jiān）：洗雪。

【赏读】

"人之初，性本善。性相近，习相远。"孩子的头脑就是一张白纸，"习"之不同，则性各不同，一生难于磨灭。三个儿子受教于同一老师。跟名儒对诗时，老儒的诗颇有诗情意境，儿子们对的不能说不工整，但是内容却俚俗低下，什么"莲花落""钓青蛙""叫几声衣食父母"，三句话不离本行，仍然洗不去原来的行当本色。

老人本来想在宴会上宾客面前让儿子们露露脸，改变一下人们对他出身贫窭的印象，没想到还是露了馅。老人伤心透了：你们对的诗，还是没离开我弄蛇的家风老底啊！

门风、传统是深入一个人灵魂里的文化素养，看来要想彻底改变，绝非一日之功。

猩猩饮酒 刘元卿

猩猩兽之好酒者也,大麓①之人,设以醴尊②,陈之饮器,大小具列焉。织草为履,勾连相属也,而置之道旁。猩猩见则知其诱之也,又知设者之姓名,与其父母祖先,一一数而骂之。

已而谓其朋曰,盍③少尝之。慎毋多饮矣,相与取小器饮,骂而去之。已而取差大者饮,又骂而去之。如是者数四,不胜其唇吻之甘。也遂大嚼而忘其醉,醉则群睨④嬉笑,取草履着之。麓人追之相蹈借⑤而就縶⑥,无一得免焉。其后来者亦然。

夫猩猩智矣,恶其为诱也,而卒不免于死,贪为之也。

《贤弈编》

【注释】

①大麓:山中树林。

②醴尊:醴,甜酒。尊,酒器。

③盍:何不。

④睨:斜着眼睛看。

⑤蹈借:践踏。

⑥縶:捆绑,拴。

【赏读】

猩猩开始很清醒,美酒杯子都现成,虽然有好酒,但是知道这是诱饵,不敢饮用。而且大骂设局者的老祖宗。但是自己的酒瘾实在大,先用小杯尝一点,再用大杯喝一点,两次都没忘了骂人家,骂完就离开,因为待得时间长了怕动摇,证明自己还有警惕性。就这样一步一步试探着往前蹭。最后终于抵抗不了诱惑,开怀畅饮,中了圈套,猩猩全部就擒。

贪官很像猩猩。开始他们何尝没有警惕,但是正如猩猩一样经不住诱惑,胃口越来越大,胆子越来越大,最后落进行贿者布置的陷阱。究其原因,正如作者所说:"贪为之也。"

石敢当① 赵南星

有石敢当者忽然能言,里甲急趋报官。官命负敢当来,既至,再三问之,不言。官怒,道是说诳。责了十板,仍命负之以出。

至途中遇识者问曰:"报官如何?"甲顿足曰:"为此冤家,被官打了五下。"敢当曰:"你又说诳,昧了五下。"

《笑赞》

【注释】

①石敢当:旧时人家正门正对桥梁、巷口往往立一石碑,刻写"石敢当"三字,以之镇邪。

【赏读】

石敢当本来会说话,主人想以此奇闻异事报官捞一把。没想到石敢当关键时候不开口。主人什么没捞着,反倒挨了十板子。主人以为它以后再也不会说话了,所以才敢当着它的面告诉熟人只挨了五板子。没想到这时候石敢当说话,当场揭穿主人。

石敢当有正义感,看不惯主人利用它追名逐利的行径,故意让主人丢人现眼,该说话时不说话,让主人挨打十大板;不该说话时他多嘴,揭发主人谎言。主人本来是让他镇灾避邪的,他却处处跟主人对着干。

见冢不敢不乐　江盈科

余邑孝廉①陈琮，性洒落。曾构别墅一所，地名二里冈，虽云附郭，然邑之北邙②也，前后冢累累错置，不可枚数。或造君颦蹙曰："目中每见此辈，定不乐。"孝廉笑曰："不然。目中日日见此辈，乃使人不敢不乐。"

《雪涛谐史》

【注释】

①孝廉：明、清时对举人的称呼。

②北邙：山名，亦作"北芒"，即邙山。在河南洛阳北。东汉及北魏的王侯公卿多葬于此。后人多用来泛指墓地。

【赏读】

整天对着累累荒冢，不免心生凄凉，"定不乐"是人之常情。

陈琮却能换个角度看问题："目中日日见此辈，乃使人不敢不乐。"今日之我，就是明天荒冢之人，这是自然规律，谁也逃脱不了。所以日日见坟茔，更能让我好好生活，享受生活。趁着健在的时候，临风把盏，对月起舞，对酒当歌。时不我待，快快建功立业，享受成功之乐。何必"人生不满百，常怀千岁忧"？

一个事物两方面，消极？积极？随你看。

马速非良 冯梦龙

　　李东阳①尝得良马,送陈师召②入朝。归,成诗二章,怪而还其马,曰:"吾旧所乘马,朝回必成六诗。此马止二诗,非良也。"东阳笑曰:"马以善走为良。"公思之良久,复骑而去。

《古今谭概》

【注释】

　　①李东阳(1447～1516):字宾之,号西涯。祖籍茶陵(今属湖南),后移居北京。明诗人。官至吏部尚书、华盖殿大学士。著有《怀麓堂集》《怀麓堂诗话》。

　　②陈师召:名音,字师召,明莆田(今属福建)人。曾任翰林院编修、翰林院侍讲、太常寺卿。

【赏读】

　　马的好坏,关键在于它跑得稳不稳、快不快。物各有其用。马良不良跟作诗的多少不搭界。但是马却能触动人的心弦,"雪拥蓝关马不前"(韩愈《左迁至蓝关示侄孙湘》),内心悲苦;"春风得意马蹄疾"(孟郊《登科后》),得意扬扬。马在诗中是常客,尤其是边塞诗、狩猎诗。

银工与宰相 冯梦龙

李太宰邦彦①父曾为银工，或以为诮②，邦彦羞之，归告其母。母曰："宰相家出银工，乃可羞耳。银工家出宰相，此美事，何羞焉？"

《智囊》

【注释】

①李邦彦（？~1130）：字士美。北宋怀州（今河南沁阳）人。官至尚书左丞。善歌唱、蹴鞠。自号"李浪子"，人称"浪子宰相"。

②诮：讥笑。

【赏读】

李邦彦母亲有见识。宰相家出银匠，说明子弟不争气，家道中落成平民，自然应该感到羞愧；银匠家出宰相，说明子弟奋发图强，有志气，自然应当自豪，何羞之有？

但是，世人多半忘了一点，破落子弟总爱吹嘘自己祖先如何阔气，草根出身又怕人瞧不起，编个故事吹自己出身富贵有根底。

村学傅误 褚人获

曹元宠①题《村学堂图》云："此老方扪虱,众雏②争附火。想当训诲间,'都都平丈我'③。"语虽调笑,而曲尽社师④之状。杭谚言社师读《论语》"郁郁乎文哉"为"都都平丈我"。委巷之童,习而不悟。一日,宿儒⑤到社中,为正其讹,学童皆骇散。时人为之语曰:"'都都平丈我',学生满堂坐,'郁郁乎文哉',学生都不来。曹诗盖取此也。"

《坚瓠集》

【注释】

①曹元宠:名曹组,字元宠。阳翟(今河南禹州)人。北宋后期词人,淳熙中为从义郎。六试不中,著《铁砚篇》自励。

②雏:幼小的(多指鸟类),此处指学堂孩子。

③都都平丈我:是"郁郁乎文哉"的讹读,语出《论语·八佾》。

④社师:社学的老师。社学,明清时设在乡间的学校。

⑤宿儒:老成博学的读书人。

【赏读】

教书先生棉衣缝里捉虱子,学生围着一堆火取暖,乡村私塾课间休息情状如在目前。更有趣的是老先生肚里墨水不多,错把"郁郁乎文哉"读成"都都平丈我",于是学生鹦鹉学舌,齐呼:"都都平丈我。"场面何等滑稽!老师这样教,学生这样学,《论语》这句话,到底啥意思,谁也不知道。

宿儒来纠正,学生都吓跑。一旦谬误成了习惯,正确的反而会被看作"另类",改正就非常艰难。

成 衣 钱 泳

成衣匠各省俱有，而宁波尤多。今京城内外成衣者，皆宁波人也。

昔有人持匹帛命成衣者裁剪，遂询主人之性情、年纪、状貌并何年得科第，而独不言尺寸。其人怪之，成衣者曰："少年科第者，其性傲，胸必挺，需前长而后短；老年科第者，其心慵①，背必伛，需前短而后长。肥者其腰宽，瘦者其身仄②。性之急者宜衣短，性之缓者宜衣长。至于尺寸，成法也，何必问耶！"

余谓斯匠可与言成衣矣。今之成衣者，辄以旧衣定尺寸，以新样为时尚，不知短长之理，先蓄觊觎之心。不论男女衣裳，要如杜少陵③诗所谓"稳称身"④者，实难其人焉。

《履园丛话》

【注释】

①慵：慵懒，没精神。

②仄：狭窄。

③杜少陵：即唐代大诗人杜甫。因在诗中自称"少陵野老"，故人称"杜少陵"。

④稳称身：杜甫诗《丽人行》有"背后何所见？珠压腰衱（jié）稳称身"句。衱，衣后襟，长度正与腰齐，故曰"腰衱"。腰

袯上装饰上珠玉很沉重，压之使衣后襟下垂，不致被风掀起。因之衣服既合身又贴身，所以称"稳称身"。

【赏读】

真的是行行出状元，事事有学问。这位宁波裁缝不但是成衣匠之佼佼者，而且是位社会学家。正因为是"社会学家"，才成为成衣高手。其高于其他裁缝之处，就是他能洞察社会人情。

缝纫本来是个技术活，与顾客的性情、年纪、样貌、何年得科第风马牛不相及。然而经他一解释，原来此中大有文章。他做衣服的根据是对社会不同人群的深刻了解。至于长短尺寸都有"成法"，依样葫芦就行，对于一个老成衣匠来说不在话下。

陆游告诫儿子说："汝果欲学诗，功夫在诗外。"成衣匠正是以"功夫在诗外"的特立独行而鹤立鸡群的。

俗话说"量体裁衣"，对一般裁缝来说是不二法门。对文中这位成衣匠来说远远不够，他是量"人"裁衣，因人而"衣"，个性化制衣。

卷九

其他

燕人返乡 列 子

燕人生于燕，长于楚，及老而还本国。过晋国，同行者诳之，指城曰："此燕国之城。"其人愀然变容。指社①曰："此若里②之社。"乃喟然而叹。指舍曰："此若先人之庐。"乃涓然而泣。指垄曰："此若先人之冢。"其人哭不自禁。

同行者哑然大笑，曰："予昔绐若，此晋国耳。"其人大惭。及至燕，真见燕国之城社，真见先人之庐冢，悲心更微。

《列子》

【注释】

①社：古代把土神和祭祀土神的地方、日子和祭礼都叫社。
②里：乡里。

【赏读】

返乡所路过的晋国之地，被人骗称作故乡故土，多年梦牵魂绕的思念，终于释放。

由表情变化，到出声长叹，再到眼泪流出，最后久哭不止。随着感情的触发物的不同，感情的迸发越来越强烈，步步走向高潮。符合游子归乡的感情历程。

然而这美好的感情，却遭到了愚弄，在这种又气恼又尴尬的心情下，在面对真正的故国故土时，不可能再激发出像第一次那样的浓烈感情。

景公①探望晏婴② 韩 非

齐景公游少海③,传骑④从中⑤来谒曰:"婴疾甚,且⑥死,恐公后之⑦。"

景公遽起,传骑又至。景公曰:"趋⑧驾烦且⑨之乘,使驺子韩枢⑩御之。"行数百步,以驺为不疾,夺辔代之;御可数百步,以马为不进,尽释车而走。以烦且之良而驺子韩枢之巧,而以为不如下走也。

《韩非子》

【注释】

①景公:春秋时期齐国国君。公元前547年至公元前490年在位。

②晏婴(?~前500):即晏子,字平仲。夷维(今山东高密)人。春秋时期齐国大夫。历仕齐灵公、庄公、景公三朝。传世有《晏子春秋》。

③少海:渤海。

④传骑:骑马传送信息的士兵。

⑤中:指宫廷。

⑥且:将。

⑦后之:来晚了。

⑧趋(cù):同"促",急速,快速。

⑨烦且：骏马名。
⑩驺子韩枢：驺子，古代给贵族掌管车马的人。韩枢，善于驾车的人。

【赏读】

　　两次飞骑传报晏婴病危。齐景公有点六神无主，手忙脚乱，不知道怎样才能更快地到达京城。自己驾车也不行，良马也不行，最后他居然徒步与车马"比赛"。放着车马不乘，一国之君却气喘吁吁地在大路上跑，场面是何等好笑好玩，又是何等感人。

　　故事中没有一句景公对晏婴病情担心忧惧的话，只是一系列动作的描写。但是景公急切的心情，对晏子的重视宠爱却跃然纸上。尤其是，下车奔跑这一细节，言行失态太夸张，却更突出地表达了他心急如焚的心情。

妒妇饮鸩毒 刘 悚

梁公①夫人至妒,太宗将赐公美人,屡辞不受。帝乃令皇后召夫人,告以媵②妾之流,今有常制,且司空③年暮,帝欲有所优诏之意。

夫人执心不回。帝乃令谓之曰:"若宁不妒而生,宁妒而死?"曰:"妾宁妒而死。"乃遣酌卮酒与之,曰:"若然,可饮此鸩。"一举便尽,无所留难。帝曰:"我尚畏见,何况于玄龄!"

《隋唐嘉话》

【注释】

①梁公:即房玄龄,后封梁国公。
②媵(yìng):妾,陪嫁的人。
③司空:工部尚书的别称,指房玄龄。

【赏读】

封建社会,男人纳妾名正言顺,女人改嫁视作不贞。婚姻上男女不平等。这次唐太宗动用了皇权,压迫房玄龄夫人就范。夫人坚持己见,以死抗争。

一个女人敢于向世俗挑战,向皇权叫板,不能不佩服她的勇气和意志。她拿起鸩酒,"一举便尽,无所留难"。把太宗都给镇住了。

此卖宅者 沈 括

进①于城北治第既成,聚族人及宾客落②之,下至土木之工皆与。乃设诸工之席于东庑,群子之席于西庑。人或曰:"诸子安可与工徒齿③?"进指诸工曰:"此造宅者。"指诸子曰:"此卖宅者,固宜坐造宅者下也。"进死未几,果为他人所有。

《梦溪笔谈》

【注释】

①进:即郭进,宋初名将,屡立战功,受监军诬陷、凌逼自杀。
②落:古代官室建成后举行的祭祀。
③齿:并列。

【赏读】

郭进有眼光,敬重工匠而置于儿子之上(东、西相比,东厢房为正,在西厢房之上)。他知道创业艰难,守业更难。

宋朱彧在《可谈》里讲到郭进的故事,又补充了另外一个人的故事。说常州有个官员苏掖,家庭富有而吝啬。买件东西,为一文钱,跟人争得面红耳赤。还喜欢乘人之危,以小钱儿买奇货。买别墅的时候,来回讨价还价。儿子在一旁说话了:"大人可增少金,我辈他日卖之,亦得善价也。"老子还健在,别墅还没成交,不肖子就考虑以后卖大价钱了。苏掖比郭进还伤心。

丘浚揔禅师　张　耒[1]

殿中丞[2]丘浚，多言人也。尝在杭谒珊禅师，珊见之殊傲。俄顷，有州将子弟来谒，珊降阶接，礼甚恭，浚不能平。子弟退，乃问珊曰："和尚接浚甚傲，而接州将子弟乃尔恭耶！"珊曰："接是不接，不接是接。"浚勃然起，揔珊数下，乃徐曰："和尚莫怪，打是不打，不打是打。"

《明道杂志》

【注释】

①张耒（lěi）（1054~1114）：字文潜，号柯山，楚州淮阴（今江苏淮安市淮阴区西南）人。北宋诗人。为"苏门四学士"之一。著有《张右史文集》《明道杂志》等。

②殿中丞：官名。唐改殿内省为殿中省，殿中丞为其属官。负责皇帝生活事务。

【赏读】

既然丘浚向和尚表示了不满，和尚道个歉就得了。不，和尚还套用"色就是空，空就是色"的格式，说什么"接是不接，不接是接"，故弄玄虚打哑谜。丘浚于是以其人之道还治其人之身，狠狠揍了和尚几巴掌。和尚本来以为用他的佛门玄谈搪塞一下就过去了，没想到强中更有强中手，反而招来几个耳光。他咎由自取，也只好忍气吞声。

猫逐画鼠　曾敏行

东安一士人善画,作鼠一轴,献之邑令,令初不知爱,漫①悬于壁。旦而过之,轴必坠地,屡悬屡坠。令怪之,黎明物色②,轴在地,而猫蹲其旁;逮③举轴,则踉跄逐之。以试群猫,莫不然者,于是始知其画为逼真。

《独醒杂志》

【注释】

①漫:漫不经心。

②物色:察看。

③逮:等到,及。

【赏读】

士人的鼠画技法如何?作者没有直接赞美之词。只是通过老鼠的天敌猫的反应来表达,而且还不是一只猫上当,而是群猫个个上当。其画之逼真不言而喻。

故事写得生动有趣,白天挂墙,夜里坠地,屡屡如此,有点恐怖,很有悬念。画轴在地上卷了起来,老鼠不见了,猫感到奇怪,肯定老鼠还在里面,于是在一旁蹲守。等县令捡起画轴时,将画展开,老鼠出现,猫又冲冲撞撞追赶。猫不辨真假,一次次把画从墙上扑下来,一次次上当,如顽皮的孩子般天真可爱。

三分诗七分读 周 密①

昔有以诗投东坡者,朗诵之,而请曰:"此诗有分数否?"坡曰:"十分。"其人大喜。坡徐曰:"三分诗,七分读耳。"

《齐东野语》

【注释】

①周密(1232~约1298):字公谨,号草窗、蘋洲、四水潜夫。吴兴(今浙江湖州)人。南宋词人。有《草窗韵语》《草窗词》《武林旧事》《癸辛杂识》《齐东野语》《云烟过眼录》等。

【赏读】

投诗东坡者原来功夫在诗外,他有朗诵的才能,没有作诗的才气。苏轼的评价,使之先高兴后出丑。

文虽短,但却跌宕起伏。此人一上场就朗诵,企图先声夺人,而且要求苏轼给他当场打分,看来很自负。听到苏轼给了十分,他以为成功了,心中大喜。

苏轼故意吊胃口,慢慢地说出"三分诗,七分读"。这"十分"原来如此。迎头一盆凉水,不必多言,投诗者狼狈可知。

妇人嫉妒 罗 烨①

　　杨郎中②妻赵氏,性嫉妒,嬖妾无敢近者。一日,杨郎中只管把《毛诗·周南》③数篇反复读之,云:"《樛木》④,后妃逮下也,言能逮下而无嫉妒之心焉。"又云:"不妒忌,则子孙众多也。"又云:"不妒忌,则男女以正⑤。"其妻赵氏问其:"甚书?"答曰:"《毛诗》。"问:"甚人做?"答曰:"周公⑥做。"其妻云:"怪得是周公做,若是周婆做时,断不如此说也。"

《醉翁谈录》

【注释】

　　①罗烨:宋末元初小说家,庐陵(今江西吉安)人。著有《醉翁谈录》,为传奇、话本小说集,是研究古代小说的重要资料。

　　②郎中:隋唐至清,为尚书、侍郎、丞以下的高级官员。

　　③《毛诗·周南》:《毛诗》,《诗经》古文学派,相传为秦汉间人毛亨、毛苌所传。《周南》,《诗经·国风》中的一部分,共十一篇。产生的地点,汉朝人认为大致是在今陕西、河南之间。其中有的诗歌古人认为是宣扬后妃之德。

　　④《樛(jiū)木》:《诗经·周南》中的一篇。其中写到螽斯这种蝗类昆虫,据说能生九十九子。因以螽斯比喻子孙众多。

　　⑤正:恰当,和谐。

　　⑥周公:姬姓,名旦,亦称叔旦。西周初年政治家。因采邑在

周（今陕西岐山北），称为周公。武王死后，成王年幼，由他摄政。相传他制礼作乐，建立典章制度。

【赏读】

　　这位杨郎中，反复读诗经《诗经·周南》中的篇章，是故意读给妻子听。说后妃宽厚，爱及下人不嫉妒，不嫉妒就家庭和睦子孙多。

　　老婆听着不顺耳。问作者是谁，回答周公。妻子一听是"周公"，肯定是个男人。所以得出结论，如果是周婆写的，绝对不会写这些混账话。

　　杨郎中旁敲侧击想以经典压人，费了半天劲，让妻子一句话给噎了。经典文献，古代圣贤之言，在赵夫人面前，都是好色男人的胡说八道，一文不值。你学问再大没有用，对牛弹琴，牛一脚踏破你的琴。

躄① 盗 何景明②

有躄盗者,一足躄,善穿窬③。尝夜从二盗入巨姓家,登屋翻瓦,使二盗以绳下之,搜资入之柜,命二盗系上已,复下其柜,入资上之,如是者三矣。躄盗自度曰:"柜上,彼无置我去乎?"遂自入坐柜中,二盗系上之,果私语曰:"资重矣,彼出必多取,不如弃去。"遂持柜行大野中,一人曰:"躄盗称善偷,乃为我二人卖。"一人曰:"此时将见主人翁矣。"相与大笑欢喜,不知躄盗乃在柜中。

顷二盗倦,坐道上,躄盗度将曙,又闻远舍有人语笑,从柜中大声曰:"盗劫我。"二盗惶讶遁去,躄盗顾乃得金资归。

《躄盗篇》

【注释】

①躄(bì):腿瘸。

②何景明(1483~1521):字仲默,号大复山人。信阳(今属河南)人。明文学家。与李梦阳齐名,为明"前七子"之一。有《大复集》。

③穿窬:钻洞和爬墙,多指偷窃。

【赏读】

强中更有强中手,躄盗果然智高一筹。他的智,就在于两次

"度",在于准确的判断。

在把第三柜东西拉上去以后,他做出了第一次准确判断:这第四柜东西拉上去以后,他们会不会把我丢在这里,带着东西走开?让他猜对了。第二次判断:天是不是快亮了?因为听到远处人家的说笑声。也就是说路上已经有行人,所以才敢大声呼救。否则弄巧成拙,救不了自己出不了柜,两个同伙可能会害他。结果笑到最后的还是劈盗,赃物全部归自己,两位同伙白忙活。

其喜剧效果就在于,劈盗的同伙得意扬扬讽刺劈盗被他俩出卖的对话,都让藏在柜子里的劈盗听得一清二楚,背后说人短,人家在柜中。双方唱了一出《三岔口》。

不语禅 乐天大笑生

一僧号不语禅，本无所识，全仗二侍者代答。适游僧来参问："如何是佛？"时侍者他出，禅者忙迫无措，东顾复西顾。又问："如何是法？"禅不能答，看上又看下。又问："如何是僧？"禅无奈，辄瞑目矣。又问："如何是加持①？"禅但伸手而已。

游僧出，遇侍者，乃告之曰："我问佛，禅师东顾西顾，盖谓人有东西，佛无南北②也；我问法，禅师看上看下，盖谓是法平等，无有高下也；我问僧，彼且瞑目，盖谓白云深处卧，便是一高僧也；问加持，则伸手，盖谓接引众生也。此大禅可谓明心见性③也。"

侍者还，禅僧大骂曰："尔等何往？不来帮我。他问佛，教我东看你又不见，西看你又不见；他又问法，教我上天无路，入地无门；他又问僧，我没奈何，只假睡；他又问加持，我自愧诸事不如，做甚长老，不如伸手沿门去叫化也罢。"

《解愠篇》

【注释】

①加持：加附佛力于软弱之众生。大日如来以大悲大智随顺众生、佑助众生，称为加；而众生受其大慈悲，则称持。

②佛无南北：唐高僧、佛教禅宗的南宗开创者、禅宗的六祖慧

能认为：人有南北，佛性无南北差别。

③明心见性：佛教禅宗的主要修持方法。意思是"心"是可以转变的（由迷至悟），性是不可变的。所以只要悟了自心本性（即佛性），就能成佛。

【赏读】

　　这个不语禅，名字起得好。不语，谁能知道他的深浅？哪怕是酒囊饭袋，一旦名声被炒作起来，粉丝们就对他五体投地，深深陷入了疯狂的迷信之中无法自拔。

　　这位不语禅即使徒弟不在，也大可不必紧张。因为在别人看来，他的任何无谓的举动，都是具有神秘色彩的暗示，都会被人解读得高深莫测。信徒们总会吹喇叭，抬轿子，完美解码。和尚就不是和尚了，只是一个符号，不想当偶像也由不得你。歌星唱错了歌词，吹鼓手就会说改得好，演绎得好。名人写错了字，崇拜者会说，这俩字通用，语言也是发展的。造神运动就这样完成了。

谜 赵南星

有破谜者曰:"上拄天,下拄地,塞得乾坤不透气。"问人是甚东西?其人曰:"我也有个东西,头朝西,尾朝东,塞得乾坤不透风。"破谜者曰:"不知。"其人曰:"就是你那个,我放倒了。"

《笑赞》

【赏读】
一个没有谜底的谜,我就放倒原物奉还。我的谜底就是你的谜底,你不知道我的谜底,等于你不知道你自己的谜底。连你自己都不知道自己的谜底,你怎么还要我猜你的谜。以己之矛攻己之盾,猜谜者这一招——高!

恋 酒 江盈科

有顽①客者,恋酒无休,与众客同席,饮酣,乃目众客曰:"凡路远者,只管先回。"众客去尽,只有主人陪饮。其人又云:"凡路远者先回。"主人曰:"只我在此耳。"其人曰:"公还要回房里去,我则就席上假卧②耳。"

《雪涛谐史》

【注释】

①顽:贪婪。
②假卧:犹假寐,和衣而卧。

【赏读】

"凡路远者,只管先回。"这话还有一些道理,因为在路上还要耽搁些时间,不然回家太晚。

客人都走了,就剩他和主人了,他把主人也要打发走:"凡路远者先回。"这次他就直接跟主人比较了。"公还要回房里去,我则就席上假卧耳。"相对来说,你还是比我远。就远近而言,说得似乎有道理,但反客为主,胡话醉话太可笑。

一个细节,把酒鬼的贪酒醉态写得活灵活现。

送眼泪　谢肇淛

嘉兴许应逵^①为东平守,甚有循政^②,而为同事所中^③,得论调去,吏民哭泣不绝。许君晚至逆旅,谓其仆曰:"为吏无所有,只落得百姓几点眼泪耳。"仆叹曰:"阿爷囊中不着一钱,好将眼泪包去,作人事送亲友。"许为一拊掌。

《五杂组》

【注释】

①许应逵:字伯浙,号鸿川,明代嘉兴(今属浙江)人。曾任东平知州、刑部员外郎、工部员外郎。

②循政:奉公守法,政治清明。

③中:中伤。

【赏读】

一无所有来,两袖清风去。为官一任,百姓洒泪送别,是对官员最好的褒奖。

许应逵对仆人说:"为吏无所有,只落得百姓几点眼泪耳。"话中暗含着连累仆人跟自己受苦的歉疚。当然仆人总希望主人能飞黄腾达,自己也随之鸡犬升天。许应逵仆人的"希望"破灭了,但他对主人的遭遇,毫无怨言,他了解此时主人最需要的是理解,给主人宽宽心,所以开玩笑说:咱们把百姓的眼泪打包带回去送人吧。真正是有其主必有其仆。

撒半价[①] 浮白主人

客有欲买苏州货者,或教之曰:"苏州人撒半价,视其讨价,半酬之可也。"客信之,至绸缎店,凡讨二两者,只还一两;讨一两五钱者,只还七钱五分。店主恚[②]甚,谓客曰:"若如此说,不消买得,小店竟送两匹与足下罢了。"客拱手曰:"不敢不敢,学生只领一匹。"

《笑林》

【注释】

①撒(sā)半价:杀价、砍价一半。
②恚(huì):怨恨,生气。

【赏读】

故事很夸张,把墨守信条、刻板不知权变的教条主义者,刻画得入木三分。买东西当然可以砍价,但是店主讽刺说,不要他买了,白送他两匹绸缎算了,他也照样砍一半。

一方是店主的讽刺挖苦,一方愣是听不出来,还一本正经地拱手谦让:不敢接受您的厚赠,我拿一半就够了。这种对牛弹琴式的互动,就产生了极好的幽默效果。

谲　僧　王同轨①

阌乡②一村僧，见田家牛肥硕，日伺牛在野，置盐己首，俾牛舔之，久遂闲习③。僧一夕至田家，泣告曰："君牛乃吾父后身，父以梦告我，我欲赎归。"主驱牛出，牛见僧即舔僧首，主遂以牛与僧。

《耳谈》

【注释】

①王同轨：字行父，明黄冈（今属湖北）人。由贡生官江宁县知县。著《耳谈》《耳谈类增》《王行父集》《兰馨集》等。

②阌（wén）乡：古县名，在今河南西部。

③闲习：熟练习惯。

【赏读】

牛看见和尚就舔其头皮，作爱抚亲近状。牛居然通人性，谁不称奇？看来和尚说的牛是他的老父，言之不虚，谁能不成全"孝子"的一片孝心？

舔舔头，得头牛。认"牛"作父，骗术太高明。谁也想不到，所以能得逞。

腌 鱼 醉月子

兄弟两童盛饭,问父何物过饭,父曰:"挂在灶上熏的腌鱼。看一看,吃一口,就是。"忽小者嚷曰:"哥哥多看了一看!"父曰:"咸杀他罢!"

《精选雅笑》

【赏读】

没菜下饭,看一眼墙上腌鱼就一口饭,以眼代口,虎视眈眈,只当精神会餐。弟一眼,哥一眼,谁也不能去多看。弟弟告状哥哥多看了一眼。父亲一句话:"咸杀他罢!"好笑又心酸。

平　岭 褚人获

许文穆公国诸生①时,赴乡试,过新岭。贫不能乘舆,语其担行囊者曰:"吾他日苟富贵,当平此岭也。"

后登甲榜归里,则乘舆过岭,而担行囊者复值向日旧人,谓公曰:"公曩云富贵后为平此岭。今当云何?"公曰:"我之岭已平矣,汝辈各自平汝之岭可耳。"此言虽戏,实具至理。

《坚瓠集》

【注释】
①诸生:明清两代称已入学的生员。

【赏读】
当年坐不起车轿,恨不得铲平新岭变通途。今日头上有了乌纱帽,山高路远都不怕,脚板再也不辛苦。

地位不同思想变,昔日豪言壮语化云烟,我现在可乘轿过岭,新岭崎岖奈我何!脚夫苦不苦跟我不相干。

雨和酒 赵恬养[1]

二人酒肆饮酒,酒毕,久坐不去。主人厌倦,假看天色曰:"雨又要来了。"二人曰:"雨既来了,如何去得!少待雨过再去。"主人又曰:"如今雨又过了。"其人曰:"雨既过了,怕他怎的。"

《增订解人颐新集》

【注释】

①赵恬养:清康熙、雍正间人。著有《增订解人颐新集》等。

【赏读】

酒鬼酒后闲聊,没完没了,占着位子,耽误酒家招待新客人。酒店主人又不好直接对顾客下逐客令,只好两次委婉暗示,让两人快回家。两人装糊涂,前后堵住酒家的嘴:现在不能走,雨停以后走;雨停了,更没必要走。

对话虽不多,却清晰地表现了店主对顾客的小心殷勤,小生意人怕得罪顾客的卑微心态。也表现了饮酒人花钱就要多享受、拖时间、占位子、充大爷的小市民心理。

盗 牛 游戏主人

有盗牛被枷者,亲友问曰:"汝犯何罪至此?"盗牛者曰:"偶在街上走过,见地下有条草绳,以为没用,误拾而归,故连此祸。"遇者曰:"误拾草绳,有何罪犯?"盗牛者曰:"因绳上还有一物。"人问:"何物?"对曰:"是一只小小耕牛。"

《笑林广记》

【赏读】

罪犯为自己辩护,说自己的出发点并不是想干坏事,也不知道这事是犯法,无意中犯了错误。他总想把大事化小,小事化了。这个盗牛贼的一席话,就是典型的辩护词。盗牛,从无意中捡一条草绳说起,小事一桩,怎么能披枷戴锁?关键的情节最后才说:没想到绳子那头还有一物,吞吞吐吐还是不想说。在朋友追问下,才说那"物"是只耕牛,还是一只"小小"的耕牛。本来是捡草绳的,没想到把连着草绳的东西一块捡回去了,就犯了法。

故事层层递进,最后真相揭晓,使人不免为开始之轻描淡写捡草绳之说而喷饭。

诙谐本色　梁绍壬[1]

诙谐词语，必须本地[2]风光，方可解颐喷饭。有笔客[3]生一子，丰硕肥满。或戏之曰："羊毫兔毫，加工选料，此家用货，非比卖门市者，安得不佳。"又有书客[4]举子，酷似乃翁。一人熟视之曰："原版初印，神气一丝不走，其非翻刻赝本，盖可知也。"又有一厨司举一子，形貌甚黑。人曰："此非炭火烟煤之气，即是油盐酱醋之精也。"闻者绝倒。

《两般秋雨庵随笔》

【注释】

①梁绍壬（1792~?）：字应来，号晋竹。钱塘（今浙江杭州）人。工诗善文，官内阁中书。著有《两般秋雨庵随笔》等。
②地：质地、底子。
③笔客：制毛笔的人。
④书客：刻书印书的人。

【赏读】

文中对笔客、书客、厨司的儿子的诙谐评论，都紧紧结合"本地风光"——三人的职业特点而发挥。如此，才能让人心领神会其中奥秘，触动笑点。

酒　誓　小石道人[①]

一人嗜酒，日在醉乡，杯中物时不离口，已成酒病。众友力劝其戒酒。嗜饮者曰："我本要戒，因小儿出门未归，时时盼望，聊以酒浇愁耳，儿归当戒之。"众曰："赌咒方信。"嗜饮者曰："子若归不戒酒，教大酒缸把我压死，小酒杯把我噎死，跌在酒池内泡死，掉在酒海内淹死。我生为曲部[②]之民，死作糟丘[③]之鬼，在酒泉之下，永不得翻身。"众友曰："令郎到底何处去了？"答曰："杏花村外给我沽酒去也。"

《嘻谈续录》

【注释】

①小石道人：清人。有《嘻谈录》二卷，《嘻谈续录》二卷。

②曲部：代指曲，指酒曲。

③糟丘：酒糟堆积成丘。

【赏读】

酒鬼说自己日日沉醉酒乡，是因儿子出门未归，借酒浇愁，儿归当戒之。原来情有可原，儿子出门未归，肯定有让人担心之事。父亲挂念，才以酒浇愁，而且立誓，儿子回来，再不戒酒就死。但死的方式却都和酒脱不了干系，不免让人心生疑窦。当然，既是酒鬼，如此赌咒，也可以理解，何况是最后一次饮酒。

但是当众友问他儿子去处时,他回答:"杏花村外给我沽酒去也。"真是惊人之笔。原来儿子的"出门"是买酒,"时时盼望"的是快快买酒来。前面的誓言如风吹,开了一个小玩笑,让人瞠目结舌,大受愚弄。这才是死不悔改真酒鬼。

送 米 徐 珂

闽县林琴南①孝廉纾六七岁时,从师读。师贫甚,炊不得米。林知之,亟归,以袜实米,满之,负以致师。师怒,谓其窃,却②弗受。林归以告母,母笑曰:"若心固善,然此岂束脩③之礼。"即呼备,赍米一石致之塾,师乃受。

《清稗类钞》

【注释】

①林琴南(1852~1924):名纾,原名群玉,字琴南,号畏庐、冷红生。福建闽县(今福州)人。光绪时举人。近代文学家。曾依靠他人口述,翻译欧美等国小说170余种。译笔流畅,于当时颇有影响。能诗画,有《畏庐文集》《畏庐诗存》等。

②却:推却。

③束脩:古代送给老师的报酬。

【赏读】

孩子不懂世情,给老师送一袜子米。老师自然怀疑米是从家里偷来的,他不能鼓励学生的不义之举,不能接受不义之财。待孩子送来一石米时,他知道这不是一个孩子力所能及的,肯定是家长的馈赠,于是欣然接受。不足百字之间,尽显孩子的天真可爱,老师的明理自尊,母亲的慈爱聪慧。

李某午饭 坐观老人①

扬州李某亦军机②章京③也,每下班,必至东华门外户部④王宅午饭,无论主人在家与否。盖李与王同年至好也。

一日,李因病请假数日,假满复入直,及下班,拟仍在王宅午饭。甫入门,一仆半跪挡驾。李曰:"尔新来仆耶?尔不识我耶?"仆曰:"诚新来者。"李曰:"我李某也。尔主既不在家,即禀尔主母,备午饭我食也。"仆以告主母,意必夫之至交也,具盘飧焉。李据案大嚼。未已,主人归,李视之不识也,手一箸几无置处,窘不可言。主人曰:"久闻公名,公与前主人王某同年至好,我与王某亦至好,同姓同官又同司。前主人已于三日前移居外城,遂以此宅与我,故一切门封门榜皆无须更换也。公既可在前主人王某处午饭,何不可在我处午饭?"相与共谈甚欢。

嗣是下直午饭亦如曩例。前王闻之,大笑曰:"不图⑤此宅乃为李某啖饭所,奇矣!"

《清代野记》

【注释】

①坐观老人:梁溪(今江苏无锡)人。所著《清代野记》,主要记载清代咸丰以后文物掌故、社会风俗文化,具有一定的史料价值。

②军机：即军机处，清代辅佐皇帝的政务机构。
③章京：清代军职官名。
④户部：掌管全国土地、户籍、赋税、财政收支等事务。
⑤不图：不料，没想到。

【赏读】

　　房主已经换了，李某毫不知情，照例去蹭饭，正在大吃大喝，新房主回来了，二人根本不认识，场景何等尴尬难堪。奇闻听来不可思议，细想完全可能。李某因病一段时间没上班，不知道原来的朋友房子已经易主。正巧新主人不在家，女主人又不便出面接待男客人，仆人又是新来的，不认识主人的客人。于是阴差阳错演出了这么一出喜剧。有趣的是李某和新房主因这顿饭又成了好朋友，蹭饭可以继续下去。